INK

文學叢書

018

我的N種生活

葛紅兵◎著

目次

台灣版序

《我的N種生活》在大陸出版後引起那麼大的反響，連我自己都感到驚訝，先後有二百多家報紙、雜誌進行了報導，中央電視台、湖北電視台等對我做了專訪，在出版者組織的巡迴宣傳中，各大城市讀者的熱情程度更是讓我難忘。現在，這本書就要出台灣版了，要感謝台灣印刻出版公司和初安民先生，他們用慧眼發現了這本書。

我不知道台灣讀者會怎麼看這本書，會不會對這本書感興趣。我是一九六八年生的，像我這樣大的人在大陸叫「新生代」，我們這代人命運非常奇特，小時候經歷了文革高潮，腦子裡滿是階級鬥爭，眼裡看的也是階級鬥爭，在外面看到的是各式各樣的遊行和口號，在家裡則常常看見爺爺臉腫得像南瓜一樣回來——他是地主，他是被遊鬥去了。每每這個時候家裡就很壓抑，大家不敢說話。小時候最大的夢想是吃一頓肉，或者雞蛋什麼的，只要是葷菜就行。但是，沒有。一年到頭都是稀粥，好一點兒的時候可以吃到麥粒飯，至於菜就談不上了，各式各樣好吃的東西只在奶奶的故事裡、回憶裡有，現實中，什麼也沒有。我的爺爺很高，但是我父親就很矮，他經歷過一九五八年的大饑荒，活下來就不容易了；到了我和哥哥，我想我們會更矮，心裡很絕望。後來我考取了師範學校，那是窮人的天堂，吃飯不要錢，還可以轉户口，從下等農民户口轉成可以吃皇糧的城裡市民户口，以後就衣食無憂了；那個時候沒有想別的，只是想吃飽。果然，我的個子長高了，比在家鄉務農的哥哥高。此後，我經歷了華國鋒下台、鄧小平復出、胡耀邦逝世，趙紫陽辭職等等若干階段，每一個階段中國社會的變化都是跳躍式的。

那個時候，眞的沒有想到會有今天。也因爲這種「沒有想到」，我們這些所謂的「新生代」和接在我們後面的「新新人類」有很大區別，我們對現實的認同度比較小，或者我腦子裡裝的不滿太多，和現實接觸的時候往往會感到有牴觸，有牴觸就有壓力。這種壓力對我來說，還有更嚴重的成分在起作用：大陸是一個城鄉割裂的社會，城市非常發達，我常常聽那些到上海的外籍朋友說，上海不得了，中國不得了，跟紐約沒什麼兩樣啦。其實呢？大陸的城市發展是建立在八億農民被限制在農村這個現實之上的，城市越是國際化、現代化，它和中國鄉村的聯繫就越是薄弱，它在精神上就越是和中國鄉村隔膜，因爲二者不僅僅在外觀上，包括在精神上都完全是不同的；不僅對於外籍人士，即使是對於大陸境內的城市市民和知識分子來說，農村也完全是陌生的，他們完全不瞭解，也沒有機會和動機去瞭解那裡的景象。中國城市和鄉村的聯繫越來越微弱了，解放初期大多數城裡人在鄉下都有親戚、朋友，中國城鄉基本上保持著血緣上的聯繫、精神的溝通，但是解放後半個世紀以來，中國城市和鄉村那種傳統的血緣的聯繫越來越弱了，弱到如今絕少城裡人在鄉下有親戚了，弱到如今絕少鄉下人有機會到城裡生活了，他們甚至到城裡訪客的機會都沒有，城鄉割裂使中國城鄉通婚的傳統，鄉土社會爲城市社會提供精神和人員動力的傳統全部淹沒。

但是，我是例外，我的父母、兄嫂都在農村，每每想到我鄉下的親人，想到他們的生活和如今城裡生活的巨大落差，我便感到非常壓抑。我的哥哥只比我大一歲，可是他呢？重病在身，他能怎麼樣呢？農民是沒有任何醫療保險的，他只能挨著。他這會兒正躺在病床上，瘦得很小很小，瘦得像個嬰兒，我就要認不得他了。他的皮膚是蠟黃的，像沾了黃藥水的紗布一樣透明的蠟黃，透過那蠟黃的皮膚，我能看到裡面的讓人望而生畏的骨頭和苦楚的命，這命來自哪裡，又要去哪裡呢！我的哥哥，在農村，他和所有農村人一樣，有什麼疼、有什麼痛，喝口熱開水也就挺過去了，他就這樣從來沒有生過「病」。就這樣，拖著，直到萬不得已躺下了，躺在了醫院裡，還在想著站起來要給雞放食，想著第二天要送孩子上學。可是，我的哥哥，現在醫生怎麼描述他呢？重症、慢性、乙型肝炎、晚期……一個詞就是一個宣判，現在，有很多宣判在他瘦得只有骨頭的身上彈跳，他一定很疼、很痛，但是這次他不能只是喝口熱開水就過去了，因爲他沒有力氣起床倒水喝。他說，那幾天我還能起來自己吃飯、洗腳，現在起不來了……

也正是我的哥哥給了我寫作的力量，他給了我身分，這種身分，使我知道我的力量在鄉村，所以我要從精神上回到我的鄉村去，寫出我的故事來。但是，我不知道上帝給了我多大的才華，讓我寫出心中所感受到的一切，包括這本書，我覺得我依然沒有把生活中沉重之物的萬分之一寫出來。我是一個平凡的人，這本書是一個平凡的人寫的一些平凡的事件，我不知道台灣讀者會不會對這些有同樣的感覺。但是，我想人和人都是相同的。

二〇〇二年六月五日於南通和上海之間

1 引子

虛無的力量，死亡的力量，那麼大，只有在天的上帝才知道，人有時候有多絕望。也許存在就是巨大的虛無，語言也是如此，我的語言更是如此，如果有誰因此而遭受傷害，請原諒我。

實際上，我要請求所有人的原諒，原諒我詛咒你們，攻擊你們，誣衊你們。也許我並非就事論事，並非眞的對你們不滿，我只是對人這個存在物本身感到絕望。細節在積累，記憶越來越多，但是遺忘卻沒有來臨，身體越來越沉，越來越重，它就要腐敗了，而飛翔的許諾遲遲沒有兌現，許多事情正在來臨的路上，另一些事情則在消逝的途中，我唯一的依靠和欲望就是這些語言，在語言中和它們相安無事，同路同到底。

這不是誰的過錯，在我們的交往中，沒有誰是有過錯的，過錯的是這語言，它來自詛咒，或者就是詛咒本身。

我崇拜痛苦和不公，生活深處的隱痛，它們喚起了我以及我的語言，讓我的體內有痛的感覺。我的隱痛是無限的，語言對於我來說是階梯，經過攀登，我希望盡頭是一扇門，打開它我就可以看到那些痛楚和不公了，這種感覺比做愛、喝酒、遊蕩、讀書更重要，它來自語言，語言深處居住著的理解自己、安慰自己、滅掉自己的衝動和願望。——一個人怎能如此不喜歡自己又能和自己相處下去，一個人怎能如此厭倦自己，又能對自己心安理得？我必須和自己談，說服自己。「你算個什麼東西？」我常常這樣問自己，現在我要用一種詛咒的語言來回答。

這是我用自傳的方式來寫它的原因。在這個意義上，我喜歡奧古斯丁、盧梭、尼采、沙特，他們懂得懺悔的意義，懂得和自己鬥爭並且接受這種鬥爭的結果。我得承認我在寫作方式上摹仿了他們，但是這又有什麼呢？偉大的人創造了高不可及的範本，就是用來摹仿的。問題是，虛無、忌恨、恐懼、邪惡、情欲、妥協、羞辱、毀滅的感覺，它們盤踞在我的生活中，我如何與它們談判，如何安頓它們以及它們背後的那些人、那些事。

我不害怕暴露自己，其實我是什麼，連我自己都不知道，我正在通過它尋找自己。不會有人破解其中的密碼。那個通過這場寫作找到的「自己」，只有我自己知道，它對我的意義比任何讀者都重要，我把那個「自己」當成工具，就像我在生活中常常將自己當成工具一樣。這是這樣一場寫作——我試圖通過它找到第三者眼光中的自己，我試圖用我自己的言談來代替周邊的言談，我試圖用它來武裝自己。

我拆解了自己，我想當我再次將自己組裝起來的時候，我將能將一個靈魂，一個已經安妥了的靈魂放進去。其實我也知道寫這個東西沒有意義，誰能希望語言拯救我們呢？除了忍受只能在瀕死的狀態下殘存。但是，我希望離開，離開這種語言，所以我希望盡快把它用完。這只是人的語言，它是有限的，是短暫者的語言。有很長時間，我相信人可以依據自己來解決道德、意義等問題，現在我對此沒有那麼大的信心了，這讓人絕望。

我說，是因爲我渴望離開它。然而，又能走向哪裡呢？在哪裡我們才能歸依永恆者的語言？

2 一九六八年的飛

我流淚僅僅是因爲我眞的熱淚盈眶，
爲與我無關的事物而痛心。

一九六八年是什麼樣子的呢？在我擁有語言能力以後，我的母親、祖母還有其他的人都試圖讓我明白這個年份的特殊意義，此後各種記憶以及轉述的語言在我身邊編織起來，但是，我並不能從中抓住什麼明確的線索。

什麼東西能將我帶到那個年份去呢？沒有。當我懂事的時候，我已經離開了那個年份，永遠地離開了那個年份，再也回不去了，就像一個人，他永遠地離開了故鄉，此後他的故鄉對他來說僅僅只是村口的炊煙、細雨、牛羊的鳴聲，不，不是這些本身，而僅僅是這些東西在他腦海中的暗影。而對於我，一九六八年，則更爲殘酷，它消失得無影無蹤，十一月，在我的家鄉應當是非常寒冷的季節了，我就出生在那年的寒冷裡。

不過，現在，我已經不再認眞地關心一九六八年了，我更關心一九六八年之前，這之前，我在哪裡呢？我想像那個時候，我還是一些塵埃，或者什麼都不是，我什麼都不是，沒有質地，沒有重量，什麼都沒有，但是，我能在天空中飛翔，我能看到地上以及我的先人們，他們在大地上忙碌和疲憊的身影，我能流淚。

不，我不是爲自己流淚，我是爲我腳下的一切而流淚，它們竟然就這樣存在著。是的，我不必爲自己流淚，我什麼都不是，對於我來說，這個世界上已經存在的一切，都是我所不需要的，我一無所求，我高高地飛翔著，無所依傍，也無所牽掛。

我流淚僅僅是因爲我眞的熱淚盈眶，爲與我無關的事物而痛心。我未曾存在，但我爲存在而痛心，爲那個深深地紮根在時間中，孤獨地懸浮的虛無裡的存在而痛心。

那個時候我沒有性別、沒有性格、沒有一切，那是多麼自由的時光啊，太陽從地球的那一端升起，月光從夜晚開始來臨，它們都要遵循事物的規律，而我在這之中，我在大地和雲霓之間，在存在和非存在之間自由地來回，無需橋梁，我就是橋梁，無需目的，我就是目的。

是啊，一絲，輕輕的一絲，它需要什麼呢？它什麼都不需要。有誰會恨它呢？誰也不會恨一個不存在的事物。有誰會愛它呢？沒有，一個不存在者，它又需要誰的愛呢？

它所要的就是飛，一直飛，飛入虛無和寂滅。那是超越引力和壓力的世界，沒有誘惑當然也沒有壓抑，因爲它空空如也，就是一種飛。

但是，一九六八年之後，我將遺忘這一切。這是多麼徹頭徹尾地令人絕望的遺忘，我成了另外一個人，這個人有個名字叫「自己」，他竟然就是我自己。

我再也不能回憶起從前了。我已經一去不回地從那裡墜落了下來。

我常常會莫名地渴望飛翔，一種無法言說的飛行的欲望在我的身體裡湧動著，它折磨著我，讓我無法安穩。爲什麼我會渴望飛翔呢？在我的記憶中我從未飛過，即使是離開地面那麼一小會兒，例如爬到凳子上換一只燈泡，或者在某個高處站一會兒，我都會戰戰兢兢，恐懼異常。我離不開地面，可是我又分明渴望著飛。

難道飛就是我所從來的地方？難道當初我的確是飛？而現在我已經將它徹底地忘記？

現在，我趴在一張床上，一無是處地趴著，陽台上她正在洗衣服，洗衣機轟隆隆的旋轉聲使我頭疼欲裂。已經有一個月了，每天早晨我都要被這種聲音弄醒，對於一個凌晨二點才入睡的人來說，六點鐘意味著午夜，可是，我每天都要在這個時候醒來。是誰讓我來到這裡？是誰一定要我聽從這洗衣機的轟鳴？

她在我的身邊走來走去，把聲音弄得晃晃鐺鐺，這是她的家，是她的地方，就彷彿我並不存在，就彷彿我從未在那張床上趴著。

是啊，我存在，但是被當成了不存在。

我存在著，但是比不存在更爲可恥，更讓人輕蔑。在那張床上趴著的我是一個虛無，一個不存在，否則她爲什麼要這樣對待我呢？爲什麼不讓我睡得深一點，更深一點，一直睡到深深的床墊裡去。這樣我就眞的不存在了。

想一想，如果我眞的是不存在的，如果此刻的床上空無一物，她的一舉一動不是更符合道德嗎？她沒有因爲她的聲音而傷害任何一個人，我也沒有因爲她的聲音而被傷害。想一想，如果眞的是這樣，有多好。簡直是好極了，一切都將符合道德，一切都將溫文爾雅地進行下去。

可是，我在，我就這樣永遠地在著，我不能從這在中脫身，哪怕是片刻，我被這「在」纏裹著，我在這「在」中窒息。

我說：你爲什麼一定要在早晨的時候洗衣服呢？

她說：那我什麼時候洗衣服？

我說：你晚上不能洗嗎？

她說：早晨爲什麼不能洗？

我說：我想睡覺。

她說：你是什麼人，你睡覺就重要，別人洗衣服就不重要？是啊。我是什麼人？我「在」著，別人就要為我的「在」讓道嗎？不，完全不是這樣。在這擁擠不堪的世界上，我只是夾縫中的一個灰塵，一堆垃圾，一片爛葉。我時刻都在渴望自己被使用，對別人有用，被別人需要，可是，終於，我還是逃不脫被別人輕視的命運，我怎麼能不是個垃圾，如果我不能保證時刻對別人有用，那麼我就不可能不是個垃圾。我是個垃圾！我被使用過了，我的價值被耗散了，我存在，但是我的價值（對於她）已不在，我就這樣被否定了。至少此刻是如此，想到這裡，我無比難過，但是，這是真的，我無法回避。

你追求價值，追求於別人有用，你拚命學習、工作，拚命尋找「客戶」。你的焦慮是「怎樣被別人使用？」可是，你不知道，作為人，在一九六八年以後，你在使自己「有用」，也在使自己垃圾化：克服垃圾化也就是使自己垃圾化。

這就是你在一九六八年以後的宿命。時間像個陌生人一樣從你身上抽身離去，它一去不復返，你所經歷的正在延長，你所未經歷的正在縮短，你垃圾化著，你身上的垃圾性在不斷增多啊。

你時刻都在盼望著奇蹟，你時刻都在渴望著回到一九六八年或者更前的某個時間去。

別人都在渴望一個未來，未來的某個可以實現的時刻，但是，你不僅如此，你還渴望回到過去，回到你來的地方，你寧可相信那裡比未來更好，但是，你不能。

你不能，因爲你長出了人的腿和腳，你只能在大地上行走，你再也不能飛了，可是，你多麼想沿著來時的路回到你的飛那裡去，你知道那裡才是你眞正的家。

那天，你和你的朋友到了山東曲阜，在孔廟門前的甬道上，你看著那些柏樹，心裡止不住地難過。那些柏樹歷經千年，卻依然蒼翠繁茂，相較而言，剛剛才二十七歲你卻已老態龍鍾。每天有多少人從這些樹下走過，這些樹下有多少故事和人物已經風流雲散，灰飛煙滅，而這些樹依然存在，這就是存在和存在的不同。

這就是存在的等級，存在是有等級的，那天你不得不承認了這一點。你和你的朋友袁在孔廟裡一直呆到暮色蒼茫，暗夜吞沒了你們兩個人，也吞沒了一切存在，你們是最後兩個離開孔廟的人。你們走上曲阜的大街，路上已經亮燈了，人們爲什麼要燈呢？爲什麼要讓黑夜像白晝一樣猙獰？難道僅僅是爲了讓燈照亮存在的等級，照亮「存在」在死亡嗎？

我寧可相信一九六八年，對於我是一次死亡的儀式，而不是誕生，我的「飛」死亡了或者它離開了，它離開得那樣乾淨利落，甚至關於它的記憶也一併帶走了。

我從哪裡來？

我不會向誰詢問我到哪裡去，我知道我無處可去，我就將在這裡，在這裡「在」我所「在」，像做塡空題一樣將我的「在」塡滿。然後空手而歸，我會空著手回家，我從人群中回家，從時間中回家，從地上回家，從街上回家，從愛情中回家，回到我來的地方，所以我要問我從哪裡來？這對我是多麼重要啊。

一九六八年，對於我，這是一個進退兩難的年份，無法回去，也無法走向別處，我就這樣在泥濘中待著，昏暗的沼澤一望無際，軟弱無助但是沒有感覺，只能聽憑時光的流逝將我帶向隨便的什麼地方。

但是，這一年世界的外部正經歷著暴風雨般的變化，五月巴黎的大學生們走上了街頭，他們在自己的標語上寫著「不給自由的敵人以自由」、「讓半心半意的人死亡」、「解放必須徹底」等標語，他們從巴黎大學的拉丁校區出發，沿著賽納河挺進，沿途他們揮舞紅旗，推翻汽車，建立街壘，不斷有興高采烈的人參加到他們的隊伍裡來，革命形勢如火如荼，四處充滿了狂歡節的氣息，接著這種節日的氣氛傳遍歐洲、美洲，直到七、八月間蘇聯坦克進入布拉格，沙特在捷克上演《蒼蠅》、《髒手》，他站出來指責蘇聯的侵略行徑，這種節日氣氛才抹上了不協和印記。

是啊，西方的節日就這樣剛剛開始就差不多結束了。在布拉格，托馬斯在昆德拉的

《生命中不能承受之輕》中痛苦地面臨是否簽名的考驗，他的猶豫已經毫無節日的感覺，相反充斥著無奈和蒼涼，他認爲編輯給他的抗議信和祕密警察給他的自白書在本質上是一樣的，在沉默和抗議之間他選擇了沉默，此後他和情人離開了布拉格，到偏僻的毫無生機和活力的鄉村生活，完全放棄了一個醫生的使命。但是在中國，一九六八年，節日才剛剛開始，在社會主義改造的革命鬥爭中，人們從來就沒有滿足已經取得的成績和勝利，人們始終堅定地站在毛主席無產階級革命路線的立場上，把革命不斷推向前進，去奪取新的勝利，互助組剛鞏固，農村就開始了初級社的建設，初級社剛剛辦成，他們要堅決地向高級社邁進，在毛主席指引的農業合作化的康莊大道上，中國人民正一步一個腳印，步伐豪邁堅定，表現出了革命的堅定性和徹底性，這種將革命進行到底的勇氣，將資產階級、地主階級、機會主義者掃地出門的豪氣在一九六八年既是起點又是高潮，雖然許多所謂作家已經在一九六六年的「橫掃一切牛鬼蛇神」運動中作爲黑線人物、反動人物離開了文化崗位，但是革命的風暴歷史地必然地要發生，一場文化戰線上的社會主義大革命，一場徹底搞掉「黑線」的革命已經完成了它的醞釀，正走在來臨的路上。

體貼、溫存、抱怨、疑慮、傷感、親吻都被認爲是醜陋的。那是一個一覽無餘、熱血沸騰、狂呼大叫的年代，有的時候我很難理解我會出生在那樣的背景中，親吻、乳汁、擁抱、兒歌這些都是反面辭彙的時候，我的出生意味著什麼呢？我的父親在醫院的走廊裡抽著菸，我的祖父、祖母在家裡毫無緣由地感到焦慮，而我的母親則在產房裡忍受著痛苦的煎熬，時代在他們的腦海裡終止了，因爲我的出生一切似乎出現了新的可能。但是，我依然是那個時代的最明顯的遺跡，我的名字叫「紅兵」，這個名字是來源於我的父親嗎？是的，表面上看是如此，但是我又分明感到這不是我的父親在爲我命名，而是那個時代在爲它的產物命名。一切都要回到我的出生上去，例如，我的營養狀況，一米七〇，這是我的身高，而我的父親和祖父則要比這個高許多。

有的時候，我希望我是沒有故鄉和親人的，如果擁有這些意味著一定要見證他們的頹敗和衰朽，我願意我一開始就沒有這些。當我的朋友指出我的某個過錯，我就希望自己是沒有過去的，我突如其來地來到這裡，我希望我自己被割裂在時間之外，那個有過錯的過去突然之間消逝得無影無蹤；就如同一種友誼，它兀然地消失了，我會徒勞地希望它從來沒有出現過；我不會爲我從來沒有擁有過的東西而感到感傷，就如同我不會因爲親人的衰老與離世而不會感到不難過一樣。

我兀然地來到這裡，就如同我是必然地來承受這一切。

3 他自己審判自己

我的命運掌握在不爲我所知的人手裡，
檔案、户口都是我的敵人。

我是一個什麼樣的人呢？陰暗、糜廢、熾狂、偏執、衰頹、輕蔑、退縮、疼痛這些詞都可以用在我的身上，我和我的軀體在這個世界四處遊走，形影不離，每一個地方都是我的目的地，每一個地方又都不是我的目的地，也許壓根兒我就沒有什麼目的，我沉溺於軀體的深處，糜爛在夜深人靜的大街上。我是我自己的魔鬼。可是，我依然活著，而且試圖在黎明來到之前活得好些，再好些。

每天，當我來到北寶興路一九九弄，當我沿著漆黑油膩的樓道走上樓，我對我自己說，這就是命運。我每天都要數次重複這樣的自我認識，這是一種說服自己的工作，我必須一絲不苟，才能將它做得儘量的好。想一想，如果有一天你不再能說服你自己回家，你說：葛紅兵，回家吧。可是那個叫葛紅兵的人不再答應你，他自顧自地跑開了，他自己審判自己，自己流放自己，這會是因爲什麼理由呢？

因爲憤恨。我的心中充滿了憤與恨，在我和這副肉體的不和諧的相處中，在我拖著這具肉體在世界上奔波的時候。是的，一切都是爲了將這副肉體運送到一個理想的地方，然而也正是因爲這一點，我和這個世界處於敵對之中，我和我身處的這個世界鬧翻了。那天，一個曾經做過我的老師，後來又成了我的領導的人對我說：「葛紅兵，我們都在這個地方待了一輩子，難道你就不能待？你就是天才？就要飛？」

我說：「是的，我要飛，我要在空中飛翔。」

一想到有一天我會像他們一樣老在這裡，我就恐怖得發瘋。四年前我做他們的學生的時候他們是這樣，四年後我大學畢業回到這裡他們依然如此，除了臉上的皺紋，一切依舊。如果他們是一本作業，我會在他們這些作業的邊上批上眉批：永遠如此。

是誰將他們安排在了這裡？像釘子一樣將他們釘到了木頭裡，像栽樹一樣將他們栽到了石頭縫裡，他們彷彿到達這裡的那一刻就死了，以後的日子只是死得是否徹底的問題，沒有動靜，只有死水一潭。我對他們的這種死法感到憤恨——他們不僅自己死亡而且還脅迫別人和他們一起死亡，當葛紅兵來到這裡，他們就結成了同盟，葛紅兵這個尚未死得徹底的人，他們要親眼看到他死才放心。

可是我的軀體愛上了這種死亡方式，它背叛我，它用萎縮性胃炎、神經衰弱來折磨我，它竟然可恥地在那些人的眼前慵懶地癱倒了。它癱倒在了戶口、檔案、報到證的限制中。它試圖和這些東西妥協，它試圖說服自己接受現實：一個人生在什麼地方，就必須長在什麼地方，進而老死在什麼地方。那年，我讀完大學，當我最終承認了一個現實，無論我多麼努力，我都必須沿著來時的路回家時，我曾經想是不是我在前生已經揮霍了我所有的自由，而在此生，一生下來，就用盡了所有的未來，對於我來說，所有通向遠方的路都是死胡同，所有的離家出走都是回家。畢業離校的那天我站在大街上對自己說：葛紅兵，回家吧。可是我依然流下了眼淚。什麼東西在腐蝕著我？什麼東西在使我絕望？

因爲沒有希望。一個人，他的生活就像往模子裡注入水，沒有什麼希望，前面的一切都已經注定，這是多麼可怕？我的大學本科和研究生生活都是如此。想一想，那段時間我是怎麼過來的呢？進入大學校園的第一天起，我就知道我必須回到那個將我送出來的地方去。一種命運——它將你鐵定在一樣東西上面，你不管怎樣努力都不能掙脫它，你唯一的財產就是沮喪、悲觀、恐懼，你害怕那個時間的來臨，它是一個末日，一種審判。

命運，它可以折磨一個人，它有權利。它可以讓一個人突然面對車禍，面對癌症，面對凌辱……但是不應當將它作爲一種審判緩期執行，我可以承受突如其來的厄運，但是我不願意承受一個四年前或者三年前的宣判。我需要將四年後或者三年後作爲一種可能納入我的幻想，它應當是我生活中的聖地——因爲它就是我的可能性，只要我努力，我就將在四年後或者三年後領受我自己努力的成果，如果我很糟糕，我也願意領受命運的懲罰，甚至即使是我很努力，我依然必須面對命運的不公正時，我也會承受它，可是它不應當是一種注定。拿走了我的可能性就等於拿走了我的生命。我曾經要求自己妥協，可是我做不到，我知道我自己在憤恨、在悲觀，這都是因爲那個「可能性」被抽走了的緣故。

現在我依然在這種情境中生活。我的命運掌握在不爲我所知的人手裡，檔案、戶口都是我的敵人。從上述角度說，我對儒家道德的痛恨是有生理基礎的，這種由人類祖先崇拜和祭祀禮儀發展而來的原始的野蠻的宗教，它的唯一的依據就是人的出生，它已經成了中國人野蠻和退化的依據。

「回家吧，回到儒家道德的傳統中去」——我一遍遍地說服自己。這座城市不需要你，價值是需要的產物，沒有需要就沒有價值。這座城市不需要你，你在此毫無價值，只是一堆垃圾，糞便而已，「回家吧，回到你的出生上去吧」。

4 你們每一個人都是泥土

你說：「人都是泥土。你們都是泥土。」
那個時候你高高地舉起了手，彷彿爲了驗證什麼。

你無法清楚地知道那個時候你到底在想什麼。三歲的小孩能想什麼呢？在鄉下三歲的小孩是不被看成「人」的。如果他們死了，屍體將不能正常安葬在自家的墓地，只能用席子裹了隨便找個野地葬了了事。如果他和父母一起出門作客，他將不能上桌，他一個人小小地在一張方凳上吃飯，邊上男人們熱烈地喝著酒，高談闊論一些收成上的問題，這個過程常常要持續一個下午，女人們草草地吃了飯，開始在陽光底下曬太陽，這個時候你在門口的陰影裡，一個人吃飯，麥皮飯很難下嚥，你常常會把飯菜撒在地上，你無助地望著那些男人們，但是他們沒有一個會注意到你。

這個場景的記憶以後就一直留在你的腦海裡了，而且後來還加上了具體的對話內容。

那個時候你很少見到你的父母，一年也難得有一兩次，每當你的父母回來的時候，你就覺得那是你的節日，它屬於你，但是，事實上情況並非如此，男人們依然高談闊論，而你依然遠遠地站在一角，甚至顯得多餘，終於你鼓足勇氣插話了，你說：「人在以前是能夠飛的」，於是你聽到了一陣哄笑聲，這聲音如此響亮，讓你搖晃不止，但是你依然堅信自己的觀點，你說你將來一定要飛翔，哄笑聲再次響徹雲霄。

那個時候你幾歲呢？記憶沒有告訴你，但是你記得那個時候你剛剛第一次穿上了膠鞋，那種綠顏色的繫帶子的鞋，非常非常珍貴。你覺得膠鞋給了你很大的勇氣，那是有魔力的膠鞋，此後你幾乎一整年都穿著它，不願意將它脫下來。

即使是在冬天最冷的時候，你的腳已經凍傷了，但是你依然穿著膠鞋，你的腳紅腫著，中間最厲害的地方已經發黑。

你說：「膠鞋是暖的。」

但是，沒有人能理解你的語言，膠鞋被強行脫了下來。你把膠鞋端端正正地放在床頭，每天都要看著它。它就那樣在那裡一直待到來年開春。春天的時候，油菜花開得整整齊齊鋪天蓋地的時候，膠鞋卻在你的注視中死去了，那上面長出了綠色的茸毛，散發出難聞的氣味。那個時候，你還不會照料、關懷與你有關的事物，你看著它死去，卻不能施以援手。

也就是那個時候，你常常被大人帶到田間，人們在大地上勞作，而你在大地上戲耍，遠處的麻雀，近處的青翎子，眼睛裡的菜花，耳朵裡的鳴聲，一起攪和了起來，你頭腦一片混亂。手放在風裡，頭髮放在晨光裡，腳放在草裡，一會兒你的手上就滿是泥土了。遠處有多遠呢？那些在田裡勞作的人你都看不見了，但是你並不害怕。

你說：「人都是泥土。你們都是泥土。」那個時候你高高地舉起了手，彷彿爲了驗證什麼。

然而，大人說，別瞎說。他們阻止你。

你再次感到你的語言和他們是不一樣的，你分外孤獨。

只有你的外公，他在病榻上輾轉反側，但是這並沒有影響他和你的交流，他說，你將來會不同凡響。「不同凡響」是什麼意思呢？你不知道，但是，你希望自己不同凡響。

直到現在，你還在想念你的外公。你覺得這非常不公平，你從小由爺爺、奶奶帶大的，你天天和爺爺、奶奶在一起，但是，你卻不由自主地想起外公，這非常不公平，也許精神上的理解和溝通眞的很重要，語言很重要，相互之間能用同一種語言說話很重要。

對於你來說，語言是更爲重要的東西，甚至超過了吃、穿。

5 在紙上和自己談心

我對自己的人格已經絕望，
即使我義無反顧踏上一條苦行的路途，
我依然不能找到自己的人格。

我的朋友，天才的小說家魯羊，在詩中寫道：「親愛的，我懼怕，因此我想退縮。」「可是我發現自己的腳步，正往後退縮，把無形的足跡留在你面前，留在人群和瓦礫之間，甚至印滿我脆弱的身體。」「你看那廣漠天宇和它包庇下的如毒蛇蜿蜒的歲月，它們鋪張，它們挺進，熱烈並且陰沉。滲透著人群和瓦礫。我知道，我與這世界意見不和，殘酷的爭端早已開啓。」

我與這世界意見不和。殘酷的爭端不是剛剛開始，甚至在我一生下來的時候就已經開始。我一生下來就注定是一個拎著包畏縮地走過樓道中的陰影，在人家鄙夷的目光中上樓，在人家不屑的表情中就結結巴巴說完自己的願望，然後像賊一樣溜走的人。

其實，我眞的是一個賊：當我拎著禮品來到某人的家裡，我將我自己的自尊和自愛偷得一點兒不剩，我是我自己的竊賊。我到人家的家裡，卻是爲了偷竊自己。是的，我懼怕，我退縮，沒有人故意折磨我，女主人非常好心，而且善意地爲我沏茶，男主人對我更是禮貌有加，然而，我依然感到了退縮，我是我自己的羞辱者。我的羞辱來自我自己。

當我爲了一點兒小小的利益，當我爲了一點兒小小的歡樂，當我來到某個路口，我退縮。一天，一個編輯請我們吃飯，飯後她想上街購物，我脫口而出，願意陪同，可是當在場的其他人開始藉此開玩笑的時候，我退縮了。一天，我的學生來到我寢室，向我請教問題，我沒有關門，讓門開著，我爲什麼不願意將門關上？因爲我在女學生面前感到退縮，我害怕人家的議論。一天，我的同事找我，要我和他一起向領導反應校車的班次問題，我拒絕了，因爲我退縮，我感到自己地位不穩，感到威脅正在集中……我徹底地知道了自己的怯懦，我將退縮到我自己之中。我爲什麼選擇寫作，因爲我退縮，我只能在紙上和自己談心，我只能在自己的書房裡和自己待在一起的時候才感到安全，我用寫作爲自己足不出戶的退縮辯護。

因爲我不喜歡和生人來往，我不喜歡在這個世界中走來走去地尋找什麼，我願意在這個世界之外一個人靜靜地待著，我不喜歡虛僞地應酬交際，除了幾個特別要好的朋友之外，我不喜歡和別的什麼人來往。我喜歡一個人待在家裡，我的家門總是關得嚴嚴的，窗帘總是拉上，除了夏天以外，我不喜歡和太陽光在一起，我不喜歡亞熱帶的太陽那種倉惶的感覺，我喜歡的太陽是熾熱的，灼烈的瘋狂的令人眩暈的。四月、五月，春天了我還是在用取暖器，一年中我有八個月開著取暖器，我的家裡總是用大功率的白熾燈泡，白天也用，因爲這樣我覺得暖和。我和這個世界是隔離的，這樣我覺得安全。一個這樣生活的人能幹什麼呢？他只有寫作。我的朋友見到我總是問最近寫了什麼沒有，我見了他們也總是這樣問他們，寫作成了我們的生活，但是我不是被迫選擇了它，在楚城這樣的地方，我主動選擇了它。其實我總是待在密封的家裡，我的這個家放在哪兒都是密封的，它近乎和四圍毫無聯繫，我的鄰居沒有一個人認識我，和我有固定關係的人幾乎都不知道我現在住的地方，我一個人孤立地將自己放在這裡。這就是我所說的在寫作。

請這個世界原諒我這個退縮之人，並允許我生活在我的退縮之中吧。我對自己的人格已經絕望，即使我義無反顧踏上一條苦行的路途，我依然不能找到自己的人格，即使在旅途上，我獨自一人，我依然會是一副彎腰弓背的形象，因爲我在我自己面前也是退縮的，我的自卑使我自己對自己感到厭倦，因而說服自己在旅途上行走，需要另一個我，橫眉冷對，對那個彎腰弓背的人顯示威權和力量，他是主宰和鎖鏈，葛紅兵必須時刻向它屈服，在它的鞭笞中屈辱地前進。這是退縮之人他對他自己的懲罰。

6 只要你還沒有死亡得徹底，你就將和它同床共枕

等到有一天你失去了對歡樂的想像力，
那麼在沒有任何歡樂的對比的情況之下，
痛苦就不再叫作痛苦了，相反它成了歡樂的另一種形式。

一種憂傷在我的心裡徘徊，揮之不去，它深深地積澱在我身體的隱蔽之處，當你試圖尋找它，和它談判，它卻隱藏了起來，當你忘記了它，它卻不經意地出現在你想去的任何地方，它彷彿已經知道你即將到來，已經在那裡等著你。它讓你絕望，不是因爲你知道，而是你不知道，你永遠都無法弄清楚它爲什麼這樣緊緊地糾纏著你，像毒蛇，像藤蔓，像噩夢。

這是一種處境：你的妻子突然發火了，她指著你的鼻子，死死地揪住了你，你像一具木偶一樣被她顛來倒去；有一天你發現一個朋友很長時間沒有和你聯繫，他正在疏遠你，

可是你永遠不會知道他爲什麼疏遠你，你也永遠沒有機會向他解釋；你的同事突然之間開始了英語復習，因爲馬上就要評職稱了，可是竟然沒有一個人通知你，當你再去報名的時候，報名時間已經截止。

他們在不經意中將一種憂傷強加到你的頭上，但是，你不能找任何人報復——根本就沒有人應當爲此事負責，該爲此事負責的實際上是你自己，你自己不好。這是一種多麼屈辱的憂傷啊？莫名所以的，無可救藥的，就這樣它死死地纏繞著你，讓你無從解脫。你呆呆地坐到天亮，任時間在你的身邊悄悄溜走，因爲時間對你已經沒有意義，你只想時間快點過去，你只想讓時間醫治你的暗傷。可是時間只會將它積澱在你的身體的深處，讓它成爲你身體裡的癌症，它並不能眞正地消滅它。

消滅它的唯一方法就是麻木，一個痛苦緊接著一個新的痛苦，因爲習以爲常你麻木了，你將痛苦看成是生活本身。你失去了對歡樂的想像力，也失去了對痛苦的敏感，這就是生活。就如同在黑夜中生活的人，他將黑夜當成了生活的常態，而將黎明當成了生活的變態，他畏懼的將不再是黑夜，而是白天。

麻木吧，葛紅兵。習慣於在憂傷中煎熬著生活，然後將憂傷當成生活的全部，彷彿生來就是爲了苦痛，等到有一天你失去了對歡樂的想像力，那麼在沒有任何歡樂的對比的情況之下，痛苦就不再叫作痛苦了，相反它成了歡樂的另一種形式。——一個人他從來沒有嘗過糖的味道，那麼甜和苦對他有什麼意義呢？苦就是甜，甜就是苦，二者沒有區分。這是老莊思想的精華，弄得你赤貧，剝奪你的一切，弄到你沒有甜頭可吃的時候，你就將痛苦當成歡樂來體驗了。赤貧也變成了富有（大貧若富），愚昧就變成了智慧（大智若愚），大苦變成了極樂（大哀若樂）。所以貧瘠的中國人喜歡老莊不是沒有道理的，你對他們不能總是厭惡，厭惡。

然而絕望依然如故，它依然在你的身體裡生長發芽，只要你還沒有死亡得徹底，你就將和它同床共枕。對於你來說它是一個勤奮的監護人，你沒有起床的時候它已經起床，並且梳洗打扮好了，當你出門，它就緊緊地尾隨在你的身後，當你遇到一個朋友的時候，它就對那個朋友說，你該回家了，你該回家和它單獨待在一起了。

在這世界上，誰能擺脫絕望的糾纏，只有老人。他們失去了希望，只是和回憶聯繫在一起，這個時候，他就可以不絕望了，而一個年輕人，當他想到未來，當他發現未來已經被他一夜之間用盡，但是他又必須在那個似乎已經用盡的無窮無盡的未來到來之前活著，他必須這樣暗無天日地延續下去，直到年輕而死，他難道不該絕望嗎？對此，他還有什麼呢？除了絕望，他所剩無幾。憑什麼一個老人箭步如飛，而一個年輕人卻老態龍鍾？一個七十歲的老人，他在紅地毯上，在飛機的懸梯上，在大河邊，在長江邊，他指手畫腳，神采奕奕，滿面紅光，而一個三十歲的年輕人，他卻步履蹣跚，滿面憔悴，他被他的絕望擊得東倒西歪。

有誰能對此做出一個合理的解釋？啊，一個老人的國度，一個青年的墳場。

7 看不到真理，是感官的長處

人們對快樂的誤解是何其地深呢？
人們以爲快樂是可以製造的，於是發明了娛樂業。

古希臘哲學家阿那克薩哥拉講道：「由於感官的無力，我們才看不到眞理。」他說得太對了，感官使我們拋棄「眞理」。那就讓我們和感官合謀拋棄眞理吧，並感激我們的感官——讓我們循著和阿那克薩哥拉相反的方向來理解他的用意。

一想到那些被人嚼爛了的所謂眞理，我就感到噁心，我得說，看不到眞理，是感官的長處，而不是感官的罪孽——你要知道眞理這個詞現在非常骯髒。但是人們卻常常相反，他們不相信自己，他們因爲愚蠢地相信那些所謂的眞理，而放棄了感官。

有相當長的時間，我以爲感官是可以欺騙的，我以爲可以製造虛假的歡樂來滿足它。我到處尋找歡樂，我以爲歡樂隱藏在舞廳的立柱後面，藏身在情人的眼神之中，遁跡於茶館的煙霧之內，如果你在那樣的場合看到一個彎腰弓背，四處搜尋的人，你一定不要笑話他，因爲他是一個理想主義者，他正在尋找他夢想的歡樂。可是他這樣做恰恰是錯誤的，娛樂業的發達給現代人的最虛妄的幻覺就是：歡樂和鋼鐵、家居、汽車一樣可以通過工業化的生產製造出來。

人們對快樂的誤解是何其地深呢？人們以爲快樂是可以製造的，於是發明了娛樂業。今天，娛樂業已經成了一種龐大的產業，達到了無處不在的地步，可是我們眞的可以從中享受到快樂嗎？許多人在娛樂業的角子機裡投入大把大把的錢，他們希望角子機轉了一圈之後就將快樂製造了出來，帶給他們。

然而歡樂是不可製造的，可以人工製造的只有空虛。你邀請一大堆朋友來家裡喝酒，半醉半酣之中將送走朋友們，然後你睡著了，你以爲你已經成功地驅走了空虛，可是當你深夜從宿酒中醒來，獨自面對一排空酒瓶，你卻發現空虛就藏在那些空酒瓶裡，它不但沒有離開你半步，相反離你更近了；當你感到孤獨，你去尋找你的情人，在情人溫暖的懷抱中，你彷彿得到了歡樂，可是子夜時分你醒來了，你偷偷地起床然後下樓，你以爲你的情人正在夢鄉之中，你躡手躡腳，但是當你走到夜晚的大街上，你才發現，情人哀怨的目光正從陽臺上追尋著你漸行漸遠的身影，你的空虛在這目光中一下子被放大了無數倍。

別試圖製造歡樂來塡補什麼，當你和你的朋友在茶館喝茶，你和你的朋友一遍又一遍地強調著今晚的歡樂，你說：「今天眞的是很高興。」你的朋友也說：「今天眞的是很高興。」這個時候，你能相信這份歡樂是眞實的嗎？你在心裡難道不是在懷疑這份歡樂？否則你們爲什麼要一遍一遍地強調它呢？別試圖用喧鬧戰勝空虛，喧鬧不是空虛的對手，一群人登山看遠，美食、盈月、此起彼伏的笑聲，這些都不能塡滿你的空虛，最終你會發現，顯然乎其間的那個人一定是你自己，大家都在強調著一種歡樂，爲別人表演歡樂，以至於忘記了自己是否眞正地歡樂，這個時候，空虛將在每一個人的笑聲背後露出它存在的蛛絲馬跡。

讓空虛去面對空虛，讓無聊去面對無聊，讓自己面對自己。

有的時候我問自己，我是否失去了和自己待在一起的勇氣？我是否對自己感到恐懼，我討厭我自己嗎？我爲什麼不能和自己待在一起？這是一種症狀？虛無者的症狀。爲了逃離自己，而尋找歡樂注定是要失敗的，因爲歡樂需要另一種生存的狀態。

眞正的歡樂和瘋狂聯繫在一起。除了歡樂本身，你忘記了所有的東西，此刻你不僅在身體上是一個歡樂的人，同時也在精神上是一個歡樂的人，你是一個歡樂英雄。這樣的狀態只有在癲狂的處境中你才能找到。歡樂使人發瘋，你在自己的身體裡學習瘋狂，你會死在你自己的身體裡——只有你死去，讓另一個你不認識的自己代替你活在歡樂中你才能體會什麼是眞正的歡樂，這是對瘋狂的獎賞，它遵循另一條規則？瘋狂也需要能力和勇氣。

然而現在我活著就是爲了讓我的身體接受屈辱，現在我活著就是爲了讓我的靈魂死掉——我死掉了，在別人的施捨裡，道德主義者扔過來的鎳幣擊中了我的要害，從路邊的垃圾堆裡，我撿出來：發黴的米飯——這是我們的父母——這個動作證明我沒有學會瘋狂。我對道德主義者依然如此的敏感，到了忘我的地步，這充分說明我實際上正滑行在另一條生存之路上——一條和我的生命本身越來越遠的道路上。

讓我發瘋吧，讓我瘋狂吧。給我力量，讓我瘋狂。讓我，一個道德主義的人發瘋吧，讓我彎下腰接受別人給我的屈辱，讓我流著哈喇子定眼看著路邊走過的所有行人，讓我的腦子裡一片空白……

我知道一種恥辱。一個追求歡樂的理想主義者，他悄悄地離開了他的辦公室，他化妝出行，來到公園裡，和歡樂幽會，他渴望歡樂，日夜追逐歡樂，可是又爲歡樂感到可恥，爲自己不能拒絕歡樂的誘惑感到無臉見人，所以一個歡樂的他總是和辦公室裡一本正經的他毫不搭界，每當他完成了歡樂的夜行回到辦公室，他立即變化了自己的嘴臉，他試圖讓所有的人都知道他是一個不要歡樂的人——無論在講臺上做報告（他害怕以他歡樂的樣子面對群眾，相反他試圖讓群眾以爲他是一個過著牛馬不如的生活的人，甚至和他的妻子、兒子在一起時他都是如此）。這是一種充滿恥辱的歡樂，歡樂的人卻要在別人的面前假裝不樂——世界上還有什麼比這樣的歡樂更屈辱？更虛僞？就像一個人他有一件美麗的衣服，但是是偷來的，他只敢在夜深人靜的時候偷偷地穿上它，在寥無人跡的街上溜一回一樣。
這衣服對他不是歡快的標誌，相反是屈辱的標誌。

8 愛與欲（之一）

我們身體的感覺被剝奪，因爲它是動物的感覺，而我們的精神被強加了，因爲它是人的精神。

什麼時候我成了一堆廢墟，我已經喪失了激情，成了激情的廢墟？

多年前的一個夜晚，在大學本科時代的教室舞廳裡，因爲停電，我抓著她的手，以音樂休止符的方式凝止在突然停電後的黑暗中，五分鐘沒有鬆手，十分鐘沒有鬆手，十五分鐘沒有鬆手，直到電再也不來了的那一刻我們才走了出來，在圖書館後面的小樹林裡，我們莫名地接吻，現在已經沒有任何理由可以說明當初這種莫名的激情了，這是情欲嗎？對一個不認識的人的吻？她狠狠地給了我一個耳光，並且試圖掙脫我，我一把拽住了她，因爲用力過猛，竟然把她拖倒了，她尖叫了起來，然後躺在地上哭泣，我安慰她，勸她起來，但是，她不理我。此後，一直到淩晨兩點，我都在勸說著，小心翼翼地賠著不是，而她最後給我的定語是：「你走吧，你走！流氓。」於是，我走了，像一個眞正的英雄一樣離開了。

然而這並不是說，我從此離開了這種生活，相反，這樣的事情在我的生活中反覆出現著，無聊的並不以爲無聊，重複的並不以爲無趣，熱情的依然如火如荼。

那個時候，我常常會趴在宿舍的陽臺上，從遠處俯瞰匆匆走過的女生們。她們一個個拎著熱水瓶，從我宿舍的窗下走過，她們竟然有著一樣的表情，一樣的動作，一樣的裝束。我無法區分她們，但是，我依然不知疲倦地這樣看著，這是情欲嗎？它美好嗎？還是醜陋。

什麼是純潔的愛呢？你看，現在我是在寫作。儘管她離我是那樣地近，我只要跨過街對面的欄杆，再爬過七層臺階就可以到達她了，可是我選擇這種方式，我坐在寫字檯前，面前是鋪開的稿紙，我用一種古老的寫作的方式生活，在心裡和對面窗戶裡的女孩子交往，沒有對話，沒有身體，沒有撫摸，沒有對視，……只有一張紙，還有一些文字。一種沒有身體出場的交往。現在我們的交往終於是純潔的了。現在，我的行爲是否已經符合了道德主義者的要求？

電話裡，我說：過來玩玩！和我一起過周末吧。電話裡，她說：行，我們聊聊！你看電話就是這樣言簡意賅。然而卻讓人誤解，我們對我們即將來臨的共同的周末的理解的不同之處讓我們忽視了。這個周末她給了我一個關於她的故事和一個謎語，我在她的故事裡充當了一個品格良好的聽眾，我認眞地傾聽，幾乎不插話，一個晚上我就這樣生活在她的故事裡。開始的時候，我是在默默地期待故事的結局，我盼望在故事的結局之處，出現我和她今天共度周末的主題，後來我漸漸失望了，今天這個周末只有故事中的人物有權享用……我們對這個周末的不同理解終於顯露了出來。這個周末我們各做各的事情，她在訴說，我在傾聽，我們並沒有共同在一件事情裡出現，我們各過各的周末。這個周末我在她的話語中度過，她在我的傾聽中度過。她通過回憶打發了一個晚上的時間，順便也將我的周末打發了。這也是純潔的愛了吧？

然而我依然感到困惑。如果沒有身體的此刻的到場，我們將如何行動？社會關係的首要意義是身體的共在：我們的身體的共同的蒞臨。人際交往的理論非常之多，但是其中最本原的那種意義卻遮而不顯。比如在愛情關係中，如果始終沒有身體的出場，那麼這是不是一種愛情就很值得懷疑，我們不否認人類中的特殊情況，但是人類的一般情況是只有情人的身體出現在對方的視野中，才能激起對方的情感和欲望，否則情人們爲什麼要千里奔波來到遠方會見自己的愛人——他千里奔波，在路上所帶的一定是他的身體，因爲他的愛人空虛的視野需要他的身體的充實，因爲他的愛人空虛的懷抱需要他的身體的充實，因爲他的愛人空洞的肌膚需要他的溫熱的手掌的撫摸，而這一切是我們的哲學家所虛構的那個靈魂所不能做到的。

常常我有一種更爲極端的看法，人的快感和動物的快感是沒有什麼區別的。一隻豬吃完了一頓泔水以後所得到的快感和一個人在吃完了一頓滿漢全席以後得到的快感是不是一樣的？酒足飯飽的人和進過午餐躺在豬圈中閉目養神的豬到底有什麼不同？我們以往爲什麼要對人的快感和動物的快感進行嚴格的區分？動機只有兩個：一是強迫症，我們的自尊心以及虛榮心不允許我們把自己和動物等同起來，我們爲了論證自己比較動物而言是高其一等的，我們就論證自己在任何方面都超越了動物，即使是在身體的快感方面。這樣我們對自己的信心就增加了，我們覺得在這個世界上依然有存在的自豪感，因爲我們處在進化的高級環節上，我們的辛苦就是値得的，我們獲得的報償畢竟要超越動物，我們不能比別的人高超，難道還不能比動物高超嗎？二是壓迫症，我們的快感被論證爲是超越動物的，而動物的快感又被定義爲是純粹的肉體的感覺，這樣爲了和動物的快感區分，我們就要將自己的肉體的感覺限制住，我們要提升了的精神不要下降到動物的身體。這種論證常常是工廠的廠主或者什麼機構的領導進行的，他說：「同志們，你們是人，你們是有獻身的精神的，你們是大無畏的，你們熱愛勞動，勞動吧，這是你們的大光榮。」而這個時候他的會計正在爲他數著鈔票，工人同志們對勞動的神聖激情轉化成了他的隱祕的收入，而工人同志們對精神的渴望則使他在工資方面可以越付越少，甚至不付（例如義務勞動）。我們身體的感覺被剝奪，因為它是動物的感覺，而我們的精神被強加了，因為它是人的精神。在這個過程中我們患上了被壓迫症，而我們的主人則患上了壓迫症。

也許這就是我們將愛與欲這對本無區別的概念區別開來的實際原因。

當然，這還不是唯一的理由，更進一步的理由還在於人的佔有欲。

——你的愛情很難把握，我寧可不要這種愛情。這不是愛情，這是性欲。你用什麼來區別愛情和性欲？性欲是不考慮感情的，愛情是有感情的，必須是投入的。這是一種什麼邏輯。感情的標準是什麼。沒有身體的參與就是感情純潔的標誌嗎？當然不是，身體參與是最高的境界。那麼，我們就到最高的境界中去，好嗎？我當然希望是這樣的，但是在此之前不能。我想問你，什麼時候我們才能去到那個最高境界？給我一個時間表好嗎？你為什麼這樣對我，是因為你覺得我好欺負？你在利用我的善良，同時你還在利用我的身體。我的價值都被你利用了，你是這個世界上最知道我的價值的人。你也是最自私的一個人。對女人來說，精神是重要的。如果我愛你，我即使達不到高潮，也會快樂。為什麼女人總是覺得性愛是男人享用她們的身體，而她們則是在獻出身體？男人不畏懼使用他們自己的身體——在烈日下他挑水，汗滴從他古銅色的皮膚上滑落下來，陽光在他的汗滴上打出折光；男人做愛，自己認為這是為自己服務。可是女人呢？她們為什麼不能正視自己的軀體？是什麼使她們常常成了反身體的人。

我們常常聽到這樣的話：愛等於被愛，它的意思是說，人類只有在被愛的時候才會愛。當一個女人，她抱住你的脖子，問：「你愛我嗎？」這個時候，她的意思是說，如果你愛我，那麼我就愛你。愛在這裡成了一種交換。這就是人類在金錢的交換原則之外的愛的交換原則。正是這個原則的存在，愛和金錢才能聯繫起來。這樣，愛在本質上就變成了一種利益。一個人選擇戀人、情人、妻子，他們的選擇標準意味著什麼呢？個子高、身材好、容貌美……這些都是一種利益，至少在將來的生育中，它將顯示出來：它將給未來的孩子較好的基因。現在，如果，我們討論一個人的品質，在愛的關係中，品質似乎已經成了必不可少的條件，爲什麼呢？因爲品質能夠保證在將來的困境中自己不被對方拋棄。一個短視的人他可能要求對方的金錢、地位等等現實的利益，而一個有長遠眼光的人，他更可能要求對方的學識、品格——這些是一種潛力，它保證他在將來的某個時候得到更多的金錢、更高的地位，而且這些是可靠的。這是愛的關係中的利益法則的不同方面——一個方面是眼前的利益，而另一個方面是長遠的利益。

我的身邊有許多這樣的人，他們是公認的好人，品德上無懈可擊，但是他們死氣沉沉，我寧願和一個生機勃勃的壞人在一起也不願意和這樣的死氣沉沉的好人在一起。他們臉上從頭到尾只有一種表情，即使你使出渾身解數也不能使他笑出聲來，他對你的幽默無動於衷，你也不能和他們開玩笑，他在任何時候都是「叫眞」的。當一起玩的人的隊伍中，有女人時，他們的腦殼就彷彿是徹底地短路了，他們呆若木雞，雙手插在兩腿中間，兩隻眼睛在地上來回逡巡……他們不打牌，認爲打牌是浪費時間，他們不跳舞，認爲跳舞是不正經……除了談他們的專業，他們沒有任何可以談論的東西，——或者說他們對專業以外的東西一無所知，他們也根本就不感興趣。一個這樣的好人是多麼地缺乏趣味啊。我眞的不知道他們的家人是如何和他們生活在一起的……難道這就是好人的標準模樣？沒有愛欲，什麼也沒有的人就是好人了。這是多麼庸瀆的道德啊。

而現在，我正在向這個方向發展著。我身上的什麼東西正在不斷地被抽離，我一部分死去了，而我的另外一些是否同時會新生？不，我感覺不到這種新生。我再也抓不住它了，我正在蒼老、衰頹的身體。我的愛情、我的激情，我的有限的對於外界的纖細的聯繫。已經經歷了。已經破滅。已經毫無想像了。

愛情，這個詞的聯想詞，光線、林蔭、夜晚、電話、椅子、漫步者和偷窺者、關於計畫生育的報告、新生、絕對、哭泣的動作、某個理念、石頭……我在想像的椅子上熱愛這個辭彙並從空中高蹈著想念這個辭彙。在某個歷史故事中，在某個人的記憶中，在某個白天的電話中，這個詞是一個柔軟的孔洞，語言不能穿透，身體不能穿透，靈魂——透明的靈魂在這個辭彙裡像一枚發綠的蘋果。需要愛情啊：我的朋友劉說。這時他的妻子正從遺像中凝視著我們，那個滿頭青絲，長髮披肩的女孩，那個有著明亮的眼睛和青春的額頭的女孩，她竟然就不在這個世界上了，帶著朋友的愛情她此刻是在另一個世界。愛情是一樣可以被人帶走的東西。什麼人可以帶著它上路，在什麼人的行囊裡，我們會看到愛情？這樣的旅行者，他的額頭有什麼標誌嗎？

現在，讓我們離開愛和欲望，品嘗另一個辭彙——激情。激情不是別的，「是人強烈追求自己的物件的本質力量」，是人的「本質活動的感性爆發」，「是一種成爲我的本質活動的激情」（馬克思《一八四四年經濟學哲學手稿》），也因此它是人的本體論——感性本質的範疇，是主體社會化、歷史化同時又審美化的原因又是結果，體現人作爲類存在物由異化向自身歸復，由不自由的主體向自由主體，由社會人向審美人的彼岸世界邁進的概念。從歷史的角度說，人類對人的發現有兩次，一是實踐範疇下的發現，人被看成是一切實踐關係的總和，而實踐關係乃是人們對物質生活進行再生產而聯結起來的總體的主導性質，人在這裡是作爲社會——歷史概念被提出的，二是激情範疇下的發現，人被看成是「感性爆發」的主體，理性本質之外的感性本質受到強調，人在這裡脫離歷史，成爲個體的、心理的、審美的主體。主體的迷醉與升騰，感性的歡樂與痛苦，孤獨與焦慮成爲人之爲人的條件。如果說實踐範疇表達了社會主體性使人的本質得以實現，那麼激情範疇則表達了審美主體性使人的本質得以實現。

然而，人是一種無用的激情。沙特在《存在與虛無》中說：「本體論把我們拋擲於此：它僅僅使我們能規定人的實在的最後目的、他的基本可能和糾纏著他的價值。……人的激情與基督教的激情是相反的，因爲人作爲人自失以便上帝誕生。但是上帝的觀念是矛盾的，而我們徒然地自失。人是一種無用的激情。」（第七八五頁）而除了「無用的激情」，我還想用另外一個辭彙來描述人：「無愛的激情」。人是一種無愛的激情。

女人，常常試圖將激情和「有用」和「愛」聯繫起來，這是多麼地錯誤啊。一隻雄性的孔雀在追求雌孔雀的時候，它廢寢忘食、如飢似渴地舞蹈、歌唱，直到精疲力竭。而它一旦得到了那只雌孔雀，它的舞蹈和歌唱就結束了，自私的女人常常爲了使男人的孔雀舞持續的時間長一點兒，也就是說讓這種激情的表演更持久一些，讓男人的激情的表像揮霍得更徹底一些，就故意使男人得不到她，她以爲這樣就維持了激情，延長了激情，甚至製造了激情，並且將它和愛聯繫了起來，其實這是何等地錯誤呢？激情徒然地指向自失，它是無用的。

無愛的激情也許更符合激情的本質。這種激情和佔有沒有絲毫的聯繫。人類的佔有者身分在愛、欲方面暴露無疑。爲什麼要嫉妒？愛是一種佔有：你自由地選擇了我做你的愛，現在我就要你放棄不做我的愛的自由，我要你自動地放棄這種「選擇」的自由，因爲你已經選擇了，你是我的愛，你的這個自由就被我佔用了，我要佔有你，你不能再是別人的愛了。現在，讓無用的、無愛的激情來代替愛這個東西，這樣，我們就有可能克服嫉妒這種人類最卑鄙的情感了。

我喜歡夏天的陽光，那種灼熱的瘋狂的令人暈倒的光線，它直刺你的眼睛使你的眼睛感到疼痛，一種明媚的東西使我們疼痛——這是多好的感覺啊。它在我們的皮膚上燃燒，我們的皮膚在它的撫摸下融化融化，我們成了它的一部分，我們都是陽光的傑作，在夏日的太陽底下，我們被鍍上了陽光的耀眼光芒。有什麼東西能使我們和太陽如此熱烈地聯繫起來，我們成了這個布滿光線的世界的一部分。讓太陽和我們一起走動，我們走到哪裡它就到哪裡，夏天的太陽，就是它，沒有絲毫的陰影，我們不會走到它無法到達的地方去。

——這難道不是一種激情的境界——無用的、無愛的，但卻是熱烈的、瘋狂的忘乎所以的激情。

愛本無所謂幸福和不幸，也無所謂痛苦和歡樂，不幸和幸福的界限是極爲模糊的，痛苦歡樂的界限也是極爲模糊的，愛只有激情和非激情之分，激情的耗散結束愛，而只有在新的愛的開端處，激情才會重新燃起。

誰能在沒有激情的生活中終老？誰能在欲望的生活中日復一日。

9 愛與欲（之二）

情欲在你們之間也睡著了，在這樣的夜晚情欲再也不會醒來，
愛和情欲一起進入了沈酣之中。

你知道你是愛她，在那個小鎮，你們相擁著走路是需要勇氣的，不僅她需要勇氣，你也需要。也許戀愛中的女人比男人更勇敢，也許這種行爲對於女性來說僅僅是出於盲目。但是，這也說明了很多，例如，說明你們相愛。

你們在街上走著，愛似乎就跟在你們的身後，就似乎近在咫尺。然而，愛本身並不能拯救你們，尤其是你。你對那個小鎮以及和小鎮聯繫起來的一切莫名地感到仇恨，那叫「校長」的人時刻像鬼魅一樣跟蹤著你，你能感到他的目光像蝸牛在你的背上爬行，你的每一寸肌膚都在這種爬行中被燒傷。

這和愛衝突，這不是愛的地方。你時刻都在渴望燃燒，然而這裡不能，你知道不能。

你時刻都在等待著逃離，那天，你一個人躲在學校的教工俱樂部裡，你撬開了門，然後慢慢地躺到檯球桌上，一股灰塵的味道包裹了你，許許多多的蚊子包裹了你，但是你躺著，靜靜地躺著，雖然身邊並沒有什麼人，你還是屏住了呼吸，就像是害怕檯球桌在你的身下醒來。

你害怕結婚，你知道一切都完了，完結在這個小小的北方城鎮裡，怎麼會這樣？

徐已經離開了，你寄給她一根葦花，她也沒有回信。

整個夏天她都在你的對面，那個有花布做窗帘的地方，那個視線的斜上角。你天天踢球，天天讀英語，天天吃飯，看起來你是那樣地持之以恆，但是你漫無目的，不像徐，她是有計畫的，有目的的，這讓你羡慕不已。可是你呢？你汗流浹背，但是你徒然地消耗，消耗在喪失之中。

一個夏天，整個校園裡差不多就你們兩個人，你也常常到徐那裡去，有一次你們還到體育館去跳舞，你們沉浸在迪斯可的瘋狂裡，後來你們騎車在黑夜中越出城市，一直到了鄉間，那是很遠的地方，你們一同離開了那個鎮子，一同沉浸在漫無邊際的黑夜裡，然而越是如此，你越是感到你和徐的距離。

接著，徐的男朋友來了，那是一個典型的北方男人，有著英俊的外表和敦實的身體，在這個來自北京的男人的面前，你看到了自己的虛弱。

這是怎樣一種虛弱，它來自這個小鎮的深處，來自這個校園，而不是來自你本身，它讓你感到自己是無可救藥的，而病根是這個小鎮，現在唯一的良方是離開，離開。徐就不屬於這個校園，這個小鎮，這就是距離。而你呢？你說他們是很班配的，班配在什麼地方呢？班配在他來自北京，而徐也將通過研究生考試，她也將是屬於北京的。

你呢？你看不到前途。但是你不能結婚，這和愛沒有關係，這關係到你的未來，那個僅僅在你的內心深處，誰也不知道的那個未來，可是這並不能爲別的人所理解，包括她，你所愛的人。她也不能理解你，爲了一個未知的未來，爲了一個於事無補的未知之物，如何能這樣癡迷？

然而，你已經決定了，你要爲此嘔心瀝血，這是你的命運，你不屬於那裡，你有更艱難的命運，你必須去履行這個命運。

你對她說你要離開了，你要走了，再也不回來了，沒有人能阻擋你，包括你愛的人，包括你的愛，不能。因爲這是命運，這是你必須去做的唯一一件事情。

你從考場出來，臉上滿是血。你流鼻血了，你和張一起，張是你的老鄉，你們住在一個旅館裡，他考南京醫科大學，他用紙做了一個球塞進你的鼻孔，然後就呆呆地坐在你的邊上，你看到疲倦在他的眼神裡蜿蜒爬行，你看到失望將這個人差不多擊倒了，你想你在張的眼裡也一定如此，甚至更爲可憐，疲倦的男人大多是可敬的，並不可憐，但是，你是可憐的。張爲不能用他的醫學知識幫助你而感到難受。那一刻你很悲哀，你的胃疼已經持續了幾個月，現在又開始出鼻血，這是第四次了，你不知道你的身體怎麼了，但是，它必須在這個時候挺住。

這個時候她出現了，你扔下張，跑了過去。你就看到了蒼白的她，眼睛紅腫著，明顯地有哭過的痕跡，本來你是希望她能陪你一起來的，可是，她父母變態地表示不同意，她沒有反抗，於是你一個人來了。現在，在考試的最後一天，她終於還是來了，你沒有想到她會來，你離開那個小鎭的時候她正在哭泣，在你的汽車後面哭泣，不知道是爲什麼哭泣，是爲她不能陪伴你一起面對考試而哭泣，還是因爲她預感到你就要離開了，預感到她此後暗無天日的等待的日子就要開始了？

你的汽車開出了小鎭，拐了一個大彎，上了大路，這個時候，你不經意地回頭，看到她騎著自行車拚命地追了過來，她在汽車後面追著，追著，漸漸地越來越遠。

你低下頭，將腦袋埋在膝蓋之間，你不去看她，你不向她揮手，你沒有阻止她。

你很絕望，你知道，考試只是你的救命稻草，甚至稻草也不是。那個「校長」已經說了，即使你考取了，也不放你走。是啊，你的命運掌握在別人的手裡，考試，只是你絕望之中的無謂之舉。你知道毫無希望可言，但是，你還是在做著，你還是希望能考一個好的成績，儘管這個成績可能對你的命運毫無幫助。你做著一件毫無希望的事情，但是你依然做著，因爲除此以外，你眞的不知道做什麼好。

現在，考試終於結束了，一件希望和一件絕望同時結束了。

你和她在醫學院邊一家飯館裡吃了一頓豐盛的午飯，用去了三十多元，然後你們又去了百貨大樓，在那裡，你爲自己買了一件大衣，一雙暖皮鞋，大衣三百元，暖皮鞋是削價的，五十元，你立即就將它們穿在了身上，是啊，你的腳太冷了，你穿著一雙殘破的單皮鞋呢。

接著你們再次走到了大街上，現在你暖和多了，穿著暖皮鞋走在街上，和那些結著霜花的水泥地隔開了，不僅讓你感到了溫暖，甚至讓你感到了安全。

一些希望在你心底慢慢滋長，儘管你們還要回那個小鎭，還要走很遠的路。但是，你們不急，你們在大街上一直走到傍晚，黃昏了，西面的太陽紅彤彤的，你們的影子被拉得有四、五米長，有些模糊了，你們才到汽車站，你們才在黑暗中上了車。

這個時候，你的心就如同窗外的黑夜，又像平時一樣地縮緊了。

她顯然是累了，縮著肩膀在你的身邊睡著了。

你知道，她就是你的愛情，她就這樣棲息在你的肩頭，但是，你並沒有欲望，你靠著她就如同靠著一棵正在燃燒的樹，你知道她會這樣燒完，在你的面前燒完，而你卻不能對這燃燒有任何的支援，也不能給這燃燒任何的意義，她那麼脆弱，那麼乏力，這那輛車上，帶著那樣的愛情，你是多麼絕望啊。

在愛中，你並沒有欲望，有的只是感傷。一次你看到她清理一條鹹帶魚，那麼認眞，帶魚頭已經有些發黑，但是，她是那麼認眞，看著，看著，你禁不住流下淚來。這是你的罪，在這愛中，你是有罪的。你對她說，其實你可以過得更好，你對她說，要是我們不愛，沒有愛就好了。

如果沒有愛，也許她會更幸福。

她的手搭在你的胸口，腿擱在你的腹部，你能感到她的鼻息，你的右手在她的背上撫摸著，彷彿在尋找什麼丟失的東西。

你在尋找什麼呢？你在尋找那小小的情欲，那曾經在你們間風風火火地嬉鬧著的情欲，可是，你太累了，等不到你找到這情欲，她就已經睡著，而你也睡著了。

情欲在你們之間也睡著了，在這樣的夜晚情欲再也不會醒來，愛和情欲一起進入了沉酣之中。它們在彼此的不存在中照見了自己的存在，是啊，風已經止了，在上海的夜色中愛也休息了，情欲休息了。

而生活，眞正的人的生活似乎才剛剛開始。

10 和恥辱握手言歡

人類歷史已經在它自身的運行中忘記了人們到底是因爲道德上的欠缺而低賤還是因爲低賤而在道德上有所欠缺。

有些時候，人們活著是受辱的，例如，陀斯托耶夫斯基、車爾尼雪夫斯基，在中國則有顧准、張志新等等，他們被監禁、被流放，但是這樣的生活對於他們並不可恥，相反這種受辱的生活對於他們來說倒是榮耀的象徵，是那些流放他們的人，是那些監禁他們的人的可恥使他們受辱，而不是相反；另外的一些時候，人們活得相當可恥，但是並不受辱，他們可恥的行徑使他們避免受辱，至少他們自己是這麼想的，他們自己可恥地活著，但是並不以爲這是一種受辱，例如，文革期間，那些所謂的作家、文人們，那些靠揭發自己的同事、親人、情人、朋友，靠批鬥自己的同胞，折磨自己的家人而活著的人，他們的苟活是非常可恥的，但是他們竟然就這樣忍受了，甚至還因爲它，人活了下來似乎就認爲自己有了理由而嘲笑那些因不願意受辱而選擇了死亡和反抗的人。

然而，對於一個生活在和平的非激情主義時代的人，他的恥和辱常常是莫名地聯繫在一起的，他無法區分什麼是恥，什麼是辱。這就是生活的眞相。

我在想尊嚴的事情。一個人怎樣才能尊嚴地活在這個世界上。

首先，他應當是自由的，他可以自由地決定自己的生活。一個被自己決定的人才能獲得別人的尊敬，想一想，一個無法自我決斷，他總是處於另一個人或者一個異己的力量的控制之中，他不是他自己的目的，而是別人或者別種事物的工具，那麼，他如何有尊嚴——一條狗，牠的尊嚴不屬於牠自己，而只能屬於牠的主人，牠再勇敢、再機敏都是如此。這樣，我們不能不承認，一個人，他要尊嚴地活在這個世界上，他首先必須是他自己的主人，他才能將尊嚴加之於自己的身上。

封建時代的臣子爲什麼活得沒有尊嚴？因爲他們沒有自己。皇上最怕的是他的臣民不忠於他，所以「謀逆之罪」是封建時代最嚴重的罪行，對謀逆的懲罰比殺人、放火、搶劫還要嚴重，那些殘酷的刑罰，比如凌遲、鞭屍、滅門等等大多是針對謀逆而來的。殺人、放火、搶劫只是人民之間的互相侵犯，說實在的對皇上老人家並沒有什麼實質的影響，對於他老人家來說，最多就是財產從這個人的手裡轉移到那個人的手裡，或者死掉一個「人民」——這沒有什麼大不了的。但是一旦謀逆，這就不得了了，這是直接侵犯皇上老人家的身家性命了，所以，謀逆就得死。皇上都害怕人民謀逆，害怕得要死，人民有了謀逆的行動自然要懲罰，即使沒有什麼行動，只是腦子裡想了想謀逆，也得死，謀逆這東西連腦子裡的一閃念都是不允許的。爲了讓人民腦子裡都不產生謀逆的想法，皇上就在精神上要求人民「忠於」，所以封建時代在皇上的鼓勵下人們的最高道德要求是「忠於」，「忠於」皇上、進而「忠於」朋友、「忠於」家庭……其目的就是要大家不要「忠於」自己。比如皇上要你死，你就得死，這個時候你就要義無反顧地出賣自己才行，否則就叫不忠。

民國時期，共和了，皇上沒有了，講忠君行不通了，就開始講「精忠報國」，用忠於國家來代替了忠於皇上，看起來似乎進步了一些，但是實際上，報國只是忠君的變體，封建時代怕的是你不忠君，共和了怕的是你不報國，但是實質是一樣的，就是你不能謀逆，忠君很明白，那是封建玩意兒，知道那是蔑視個體生命、個體價值，就是講人活在世界上必須將異己之物當作自己的生活目標，但是對「報國」這個忠君的變體，許多人卻不瞭解。

要尊嚴地活著，首先得找到自己，自己先就成了一個人，而且是爲我的人，自己爲自己的人性的尊嚴負責的人才行。

爲了和恥辱的生活告別，我們現在得想一想，我們在多大的程度上屬於自己，或者說，我們在多大的程度上，是自由地屬於自己的？在戶口等等級制的夾縫中，我們如何找到自己，那個天賦的自由的自己的自己？

其實尊嚴不是別人給他的。尊嚴來自他自己。如果尊嚴意味著別人的尊重，那麼我們說，這尊重不是因爲別人，而恰恰是因爲他自己值得別人尊重。所以尊嚴在本質上說，是一種自我決定，你決定自己是一個有尊嚴的，因而你才獲得別人的尊重。許多人在面對屈辱的時候，會不由自主地閉上眼睛，不是因爲別的，而是因爲他自己試圖看不見他自己，在他的內心深處，他內心的眼睛已經告訴他，他已經知道自己正在自己怯懦的言行中失去尊嚴，然而，他依然沒有勇氣維護自己的尊嚴，於是他閉上了外在的眼睛，他讓別人知道，他看不見自己。這樣，他的尊嚴彷彿就在這個過程中別自己虛妄地保護了——他通過看不見自己的尊嚴而保護了自己的所謂尊嚴。

爲什麼，有那麼多的人，他們活在毫無尊嚴的境地，然而他們卻依然活得相當好，因爲他們閉上了自己的眼睛，有的時候是閉上了自己外在的眼睛，例如在一條黑暗的街道上行走，他看到一個歹徒正在強姦一個少女，這個時候，他加快步伐從歹徒的身邊一溜而過。這個時候我們發現他閉上了自己外在的眼睛。當第二天警察找他調查強姦案件，這個時候他說：他沒有看見。他因爲害怕歹徒的報復，而說自己沒有看見，現在他不僅閉上了外在的眼睛還同事閉上了內心的眼睛——他喪失了一個人起碼的自尊：這個自尊如果存在，他將要求自己說實話——一個有尊嚴的人他時刻都爲自己內心的正義而說實話，並且願意爲此付出代價。

但是，我們常常喪失尊嚴，我們猥瑣地卑微地活著。開始是因爲怯懦，我們偶然地閉上了眼睛，我們發現這原來是一種極好的逃避的方法，後來我們在遇到尊嚴的問題時就不由自主地閉上眼睛，這已經成了一種慣例，一種心理上的定勢。

人類給豬判死刑。給馬判終身勞役。給動物園裡的大熊貓、獅子、老虎判終身監禁。那麼人類的刑罰呢？誰來審判尊嚴以及對尊嚴的信念。動搖、沒有信念、崩潰——就這樣我們失去了爭取的意志和勇氣，因爲孤獨，我們放棄了原則，因爲蠅頭小利，我們放棄了道德，因爲小小的挫折，我們放棄了目標，進而，我們喪失了尊嚴，我們只能忍受恥辱，用自己的一生爲恥辱支付罰金。神，那個爲我們安排一切的神，他在哪裡？他依據什麼安排我們？誰能把握神的感覺？在神的心裡，誰是上等人，誰是下等人？萬能的神。給我力量讓我和生活鬥爭到底。生活這個敵人，這個瘋子，你看他正在對我們幹什麼？此刻信念是多麼重要啊?!因爲沒有信念我們面臨崩潰。

誰能拯救我們？這種恥辱的生活將延續到什麼時候？但是，不要去死，最好的自殺的方法是不自殺：慢慢地在恥辱中死掉，讓它自然地走在死亡的路上，自己結果自己。生命自己就是要死的，它存在著就是爲了自找死路。讓它自己去死吧，讓它走在通往死亡的路上，——已經走在死亡的路上的它已經上路，你，對此還有什麼不滿意的？誰能在這個世界上過高貴的生活呢？

那麼就讓恥辱和我們同行吧，也許，有一天，終於我們會發現，恥辱者才是高貴的，上帝將歸還他本來的面目。

人類歷史已經在它自身的運行中忘記了人們到底是因爲道德上的欠缺而低賤還是因爲低賤而在道德上有所欠缺。常常人們認爲這二者是互爲因果的。但是，歷史上，低賤者在道德上居於劣勢。例如低賤者在大多數的時候被認爲是懶惰、愚鈍甚至賭博、嫖妓、濫吃、酗酒等道德惡習的結果，因而，低賤者窮人意味著道德上的次等。

這一點在經過馬克思主義的顚覆以後就變了過來。在馬克思主義的道德天平上，低賤者居於優先地位。因爲馬克思發現了高貴者的高貴來自於他們對低賤者的剝削：一方面這意思是說，高貴者在高貴之前就已經在道德上犯下了罪孽；另一方面則是說，低賤者越勤勞意味著他越是貧窮，因爲他被剝奪得更多。因而低賤者爲了高貴，首先要做的不是勤勞，而是不勤勞——消滅勞動——消滅了高貴階級賴以存在的剝削勞動，那麼他們就消滅了自己低賤的基礎。因爲不是勤勞將使他們富裕，而是消滅勤勞將使他們富裕。馬克思和恩格斯在《德意志意識形態》中寫道：「在過去的種種冒充的集體中，如在國家等等中，個人自因只是對那些在統治階級範圍內發展的人來說才是存在的，他們之所以有個人自因，只是因爲他們是這一階級的個人。從前各個個人所結成的那種虛構的集體，總是作爲某種獨立的東西而使自己與各個個人對立起來；由於這種集體是一個劫持反對另一個階級的聯合，因此對於被支配的階級來說，它不僅是完全虛幻的集體，而且是新的生活的桎梏。在眞實的集體的條件下，各個個人在自己的聯合中並通過這種聯合獲得自由。」……「而無產者，爲了保住自己的個性，就應當消滅他們至今所面臨的生存條件，消滅這個同時也是整個舊社會生存的條件，即消滅勞動。因此他們也就和國家這種形式處於直接的對立中，他們應當推翻國家，使自己作爲個性的個人確立下來。」

如何回到個體的眞正的尊嚴的狀態，如何從恥辱的狀態中解放自己，這是一個中心問題。

11 恐怖是一種傳染病

恐怖，一種恐怖深深地紮根在人類思想者的血液中，
它像病毒一樣繁衍著，最終戕害了思想者的身體和心靈，使他們虛弱。

漢字當中關於恐懼的辭彙特別多，懼、怕、驚、恐、怖、怵、怯等等，這是不是意味著中國人的恐懼感特別發達？中國人常說「人無遠慮必有近憂」，這是基於什麼心理呢？是對憂懼的認可，還是對憂懼的抵抗呢？其實任何具體的人對於具體事物的畏懼都是不可怕的，這又有什麼呢？一個女人，她害怕小狗，她見到了狗就暈厥過去，這難道是可怕的嗎？我有一個寫小說的朋友，她一見到達芬奇的蒙娜麗莎就會口吐白沫，這在我看來也不可怕，這難道眞的是一件可怕的事嗎？眞正可怕的是那種無形的，你說不清楚的東西，它不是對具體事物的恐懼，而是對抽象之物的恐怖。沒有來由，沒有理由的恐怖，它散發在你的周圍，它是一種高壓之下的傳染病，誰都有這種病，但是誰都忘記了這種病的根源，

或者知道它的根源，但是害怕去探討它。它施加在你的身上，起初是你不得不接受它，漸漸地，是你誠服了它，將它當成了生活的常態。一隻被長久地關在籠子裡，成天面對馴獸員的皮鞭，在恐怖中生活慣了的老虎，當拿走馴獸員的皮鞭，打開牢籠，牠會怎樣呢？牠會回復牠自由的、無拘無束的本性嗎？不。那恐怖的皮鞭已經成了牠的生活的常態，沒有皮鞭的指揮，牠會無法生活。

我曾經寫過這樣一個故事。在某地人們有養狗看家的習俗，那個時候，糧食寶貴，所以人們要對狗進行不吃糧食的訓練，訓練的方法是不到萬不得已，絕對不給狗吃任何東西，逼迫它自己到外面找東西吃，一旦發現狗在家裡偷吃糧食，就用皮鞭狠狠地教訓牠，這樣聰明的狗漸漸地就掌握了一條準則，狗不能在主人不允許的情況下吃家裡的任何東西，越是好狗越是不應當吃家裡的東西。那個時候，外面有什麼可吃的呢？只有屎，小孩兒的屎，大人的屎，所以那裡的狗都學會了吃屎。從中，我們會發現，狗吃屎並不是天生的，而是因爲對皮鞭的恐懼才發展出來的一種習性。

等到改革開放了，人們的生活水平提高了，家裡有餘糧了，這個時候，那裡的人們要訓練他們的狗吃糧食了，但是，狗們已經忘記了吃糧食的本性，怎麼辦呢？主人們迫於無法，只得再次使用他們的鞭子，但是，這些狗一看到主人舉起了鞭子，便紛紛狂奔而去，四處拚命地吃屎。沒有辦法，那裡的人們最後只能將吃屎的狗全部殺死，這就是爲什麼，如今我們在那裡見到的狗幾乎全部是從國外引進的原因。

有的時候，我在想人和狗並沒有什麼區別，特別是在恐怖感方面。我常常遇到那樣的編輯，他基於恐怖，對著我的文字舉起了屠刀，或者甚至連屠刀也不屑於用，而用一句話給槍斃了。他，一個編輯，在幹什麼呢？爲了解除自己的恐怖，他轉嫁恐怖，在這個轉嫁的過程中，因爲他總是本能地誇大恐怖，因而他往往是比那個眞正的恐怖表現得更恐怖。

就這樣恐怖被一級一級地傳播下去，到了恐怖的最底層受眾那裡，那些人已經無法知道恐怖的眞正來源以及它的目的，而只是承受著，在恐怖的生活中進而變態著。

有的時候，我在想我是不是一個天生特別膽小的人，爲什麼我對恐怖這樣敏感？對周圍的人，周圍的事，我爲什麼這樣容易將之感受爲恐怖？我的恐怖和那些市民們基於保護自己的財產而產生的恐怖有什麼區別嗎？恐怖有高尙和低級之說嗎？

我看到周圍的市民們，他們的恐怖是那樣地分明。他們將自己的房子用鐵籠子圈起來，我的樓下就有一家，他們把家裡的每一扇窗戶都釘上了鐵柵欄，甚至空調洞上也安了鐵條，而他們的門，則是雙層的不銹鋼保險門，每每有人拜訪，他們首先是透過門上的貓眼向外窺望，看是否有危險，進而是打開第一層門，在門裡和來訪者透過外層保險門的柵欄對話，如果能這樣將來訪者打發走，他們就感到慶幸，終於一個危險的因素消除了，而如果來訪者偏偏是那種不識相的人，一定要進屋，那麼他們就會眉頭緊鎖，滿臉恐懼，他們擔心客人的髒腳將地板弄髒了，弄破了，害怕客人有肝炎等傳染病，會在他們的茶杯上留下病毒，擔心客人抽菸污染了他家裡的空氣，……總之，他們對外來者充滿了恐懼。

以前的時代，人們對世界並沒有如此的恐懼，他們建造監獄，將犯人關進監獄，就認爲這個世界已經安全了。那個時候人們有一種信念，這個世界上好人總是多數，壞人總是少數，壞人歸壞人拘禁在監獄裡，好人歸好人生活在世界上——這個世界是好人的世界，好人和好人在一起是安全的。而現在，人們已經失去了這種信念，人們在監獄裡住滿犯人的情況下依然感到恐懼，爲什麼呢?因爲人們感到這個世界上除了他們自己，誰都是壞人，因而他們要將自己這個好人關押起來，他們已經不能滿足於將恐怖分子關押起來，而是相反，他們要將自己拘禁起來，他們將自己關在鐵籠子裡，才感到安全——一種抽象的恐怖日夜折磨著他們，使他們不得不將自己拘禁起來，這就是防盜門、防盜窗的來由。在他們的意識裡，這個世界上除了他們自己，誰都是壞人。

在這個城市的上空，恐懼就這樣黑壓壓地飄蕩著，每個人的腦門上都寫著「我害怕」的字眼。有一次，在公交車上，我和一個放學回家的中學生坐在一起，我們一起坐了十來站，一個多小時，好奇心驅使我想瞭解，爲什麼他願意每天花三個小時在路上，去上一個好的中學，而不願意在一個離家很近的（可能較差的）學校上學，進而將這三個小時用來自學呢?於是，我試圖和他攀談，我問他：「你是個中學生吧?」他假裝沒聽見，然後，我說：「我是個大學教師，我想知道你是不是每天上學都要跑這麼遠的路。」這回他轉過身去了。我在想他爲什麼不和我說話呢？是因爲我這個人眞的是個恐怖分子嗎？不，是因爲他心中的恐懼感，他對這個世界的恐懼主宰了他，使他將所有的陌生人都當成了恐怖分子。聯想到那些用鐵柵欄將自己囚禁起來的人，他們將自己身外的一切都感受成了魔鬼，其實這個魔鬼，令他們日夜感到恐怖的魔鬼就在他們心裡。

然而，還是有另一種恐懼，它深深地掩藏在生活的深層，是眞理顯身處的荊棘，是思想者立身處的火焰。霍布斯，這個《利維坦》的作者，人類歷史上傑出的思想者，他曾經在自傳中說，他是他母親生下的孿生子之一，而他的孿生兄弟就叫「恐懼」，在教會、王權以及國會派的數重壓迫之下，這個處於極度恐怖之中（教會揚言倫敦的大火和瘟疫是霍布斯瀆神的結果）的思想者只好將自己手頭的文稿付之一炬，我們可以想見霍布斯當時的驚恐程度，一個思想者，他自己燒毀了自己的文稿——這等於自殺，這種驚惶失措的舉動需要多大的現實和精神壓力呢？再讓我們來看看伽利略。這位堅持眞理宣揚日心說的人，他和專制勢力進行了數十年的鬥爭，但是，在最後一次審判中，他終於被迫發表聲明，宣布地心說是正確的，而他終生宣傳的日心說則是謬誤的，這位七十歲的老人，跪著向「普世基督教共和國的紅衣主教」宣讀他的懺悔：「我永遠信仰現在信仰並在上帝幫助下將來繼續信仰的神聖天主教的和使徒的教會包含、傳播和教導的一切。因爲貴神聖法庭早就對我作出過正當的勸戒……以使我拋棄認爲太陽是世界中心且靜止不動的僞學……我宣誓，無論口頭上還是書面上永遠不再議論和討論會引起對我恢復這種嫌疑的任何東西……」

有什麼東西能使一位老人放棄自己的信仰，並且宣布要維護自己一生反對的「地心說」呢？恐怖，一種恐怖深深地紮根在人類思想者的血液中，它像病毒一樣繁衍著，最終戕害了思想者的身體和心靈，使他們虛弱。由此我想到，某些思想者是多麼地不容易，戰勝恐懼需要多大的精神力量，顧准，這位中國當代思想史上的偉大者，當他被看守毒打，打得只能在地上爬行的時候，當他的那些同人因爲恐懼而畏縮，不敢站出來說一句話的時候，他那流著鮮血的嘴裡迸發出來的竟然是：「不！我不認罪！」的呼號。張志新，當她被割斷了喉嚨，當她被她的丈夫以及所有的親人拋棄的時候，她依然昂首走向刑台，將劊子手定在歷史的恥辱柱上。這是何等的勇氣。

思想者的敵人不是任何其他的什麼東西，而是恐怖，然而，他們無法擺脫恐怖，鐵人注定要和恐怖爲伍。反過來，誰是恐怖的敵人？思想者，恐怖最怕的就是思想者，因爲思想者將揭示恐怖的虛弱與無力，將使恐怖無以爲繼。

12 我是破壞別人幸福生活的兇手

不懂得將自己由目的（大寫的人）而降爲手段（族類延續的手段），那麼你本身就不適合結婚，你就不應該結婚。

面對那些不諳世事的年輕人，我常常會勸他們不要結婚，如果結婚了，我就會立即勸他們不要生孩子。爲此，我已經得罪了好幾個年輕人的女朋友，對於他們的女朋友來說，我無疑是十惡不赦的混蛋，破壞別人幸福生活的兇手。是的，我和一般的中國人所選擇的態度太不一樣了。

然而，有什麼理由結婚呢？人的存在就其本質而言依賴於藉理論理性作出的眞實或者虛假的本體性判斷，又依賴於藉實踐理性作出的可取或者不可取的價值性判斷。本體性判斷給我們對於這個世界的終極眞理的信念，價值性判斷給我們關於人類幸福的信念。因而人類的精神史實際可以按照這兩類判斷而進行時段劃分。的確如此，不相信人的存在在此刻之外具有終極目標，不相信人可以通過現世的努力而臻達永恆幸福，對於人的終極目標以及永恆幸福的信念喪失，人們無所依傍的彷徨和失措。這已經成了當代人最顯著的精神標誌。試婚現象的流行顯示，早覺的人們對於愛情的古典主義的信念，對於婚姻的浪漫主義的激情，對於家庭的理想已經消退。

僅僅是幾年前人們還沒有對婚姻生活發生如此激烈的疑問。這一點只要看一看那時人們對「未婚同居」、「婚前同居」的否定就可以理解了，那時人們在理念上不能接受這種現象，以至有的單位不顧干預私生活的批評用行政手段來阻止這種現象的蔓延。那時人們對於婚姻的意義、價值、合法性形式從未產生過疑問，人們對於人類性活動的合法形式是婚姻這一點是堅信不疑的。人們把性和婚姻看成是等同的一件事物。婚姻是合法「性生活」的唯一形式。而現在「試婚」作爲一個概念的出現表明人們對這種現象的態度。性和婚姻被區別了開來，人們充分認識到不是婚姻導致性，而是相反，性的和諧是婚姻的前提；不是婚姻導致和諧、幸福的生活，而是相反，和諧的生活帶來婚姻，婚姻是和諧生活的結果。因而和諧的生活在婚姻之前，比婚姻更爲本質。以前人們將婚姻當作目的，而現在人們似乎發現了婚姻的本質：婚姻只是臻達幸福生活的手段，如果沒有幸福的生活，婚姻又有什麼意義呢？如果已經有了幸福的生活，婚姻可能是這種生活的一種有效的形式之一，但是它本身不能成爲目的，因而應當將婚姻當作一種手段來加以認識。

現在我們把感情考慮進去。假如我們相信感情，假如我們相信山盟海誓，假如我們認爲感情是天長地久的，假如感情本身已經足以維持我們的聯繫，使我們無時無刻不希望在一起，時代我們永生資一起，那麼我們爲什麼還需要婚姻？婚姻只是從外在的方面將我們聯繫起來，就顯得不必要了。假如我們不相信感情，我們感到感情像一只易碎的瓷器一樣經不起風雨，假如我們覺得感情是用謊言和欺騙僞裝起來的木偶，假如我們覺得感情就像風中的枯葉一樣易逝，那麼我們爲什麼要婚姻呢？它將使我們在沒有感情的生活裡無力自拔，生活就像一口陷阱，一口沒有感情（在感情的灰燼裡）卻有鎖鏈的陷阱——我們爲什麼需要婚姻？難道就是爲了讓它在感情消失以後將我們硬性地鎖在一起？使我們在沒有感情的婚姻裡沉淪？

我們爲什麼需要婚姻？曾經我們以爲婚姻可以鞏固感情，使感情天長地久，我們用婚姻這種形式將感情固定下來，讓易逝的感情凝固永存。我們做到了嗎？我們是顚倒了婚姻和感情的關係了，只有感情可以凝定婚姻，而婚姻是不可能凝定感情的，只有感情破裂了的婚姻，卻從沒有聽說過婚姻破裂了的感情（婚姻自由的時代）。在那個人們將婚姻和性等同的時代人們有理由結婚：我們需要性（出於本能），因而需要結婚（結婚才獲得性的權利）。當性和婚姻之間的虛妄的聯繫被人們一眼望穿，當人們認識到是性前在於婚姻而不是相反，性導致婚姻而不是婚姻帶來性，那麼人們有什麼理由結婚呢？

我們有一萬個理由拒絕婚姻。但是我們也有一個理由接受婚姻：生育。生育是人的本能更是人對於族類的義務。在目前的生產力條件以及生理科學條件下生育對於絕大多數人來說是不可能靠一個人單獨完成的，它需要異性之間的親密合作——這就產生了婚姻的要求。在今天這樣的經濟條件下，一個人生育、撫育子女幾乎是不可能的，經濟條件制約了他（她），他必須有足夠的時間用於賺錢（以及廣義的社會競爭），這樣他就不可能有足夠的時間用於撫育子女，他需要另一個人的合作。人類自身的再生產需要婚姻，人類只有結成固定的合作關係才能順利完成生育的任務。這是我們結婚的唯一理由。因而婚姻是一種義務形式，它並不像我們以前天然認爲的那樣是幸福的形式、愛情的形式、生活的必然形式，而是人類自我繁衍的必要形式和前提。

所以，關於婚姻我們首先強調的應該是義務，在婚姻中結婚承擔者自身的幸福應該放置於第二位，第一位的是義務：生育的要求以及撫育的要求。實際上古往今來的人類絕大多數情況下都是如此做的——絕大多數的婚姻是爲子女——人類族類的延續而存在的，婚姻從來就是作爲這樣的義務形式而被人們接受的。從這樣的思考出發，我反對離婚，離婚是對義務的否定，而義務之所以是義務本身就意味著放棄作爲目標的自己而選擇爲了另一個目標（例如在婚姻關係中的子女）。如果你不能思慮及此，你不能放棄以你自己的作爲個人的存在以及「幸福」，不能放棄以你自己作爲你生存的目標，如果你不懂得爲了義務而放棄，不懂得將自己由目的（大寫的人）而降為手段（族類延續的手段），那麼你本身就不適合結婚，你就不應該結婚。婚姻自由時代的結婚是自由的結果，也是自由的結束，對於婚姻來說，自由只有一次，你使用了它，從而也結束了它，不結婚是你的自由，和誰結婚也是你的自由，但是一旦你選擇結婚你就將你的自由交出了，從此你不再擁有它，從此你選擇義務，而不是自由。這就是婚姻的自由的辯證法：你擁有它就意味著失去它，你一旦用它，使用你的自由你就立即失去它。你自由地選擇了結婚也就意味著你自由地失去了自由——已經結婚的你就不能再擁有自由結婚的權利了。因而結婚是一件嚴重的事情，你必須對你的自由的失去有充分的準備，你必須對你以你的自由的放棄而選擇義務、責任有必要的認識。因為這是婚姻的本質。婚姻是人類生活中為數不多大幾個自由所不能關照到的領域，在這樣的領域人將自己的本質——自由——交付給義務，而選擇必然性。婚姻是這樣一種處境，在這種處境中，我們實在地擔負起責任，我們的倫理學是責任的倫理學而不再是自由的倫理學。

我們如何從我們的義務的婚姻中體驗幸福？我們不應對自己的婚姻生活本身的幸福抱過大的奢望，我們既然已經選擇義務，我們就應對義務有深刻的理解，在婚姻中也就是在義務中，因而婚姻的存在並不以我們自己是否絕對幸福為前提，婚姻的存在以我們的義務感為前提，如果結婚雙方都想從婚姻中為自己獲得好處（諸如：幸福、快樂等）那麼這個婚姻就一定是不成功的，如果婚姻雙方不是爲了自己從中獲得好處而結婚，相反他們結婚就是爲了奉獻愛給另一個人，就是爲了族類延續了義務，那麼他們的婚姻成功的可能性要大得多，因爲婚姻就是義務。那麼，在這樣的義務生活形式中我們如何體驗幸福？——當我們白髮蒼蒼，當我們已經蒼老，在金色的夕陽下，我們坐在街邊花園的臺階上，我們看著我們幼小的孫子在遠處蹣跚地走著，他的手在陽光中一晃一晃地，他黑色的頭髮上閃動著陽光的芳菲……這時我們會體驗到一種莫名的東西，我們感到了生命的延續，感到了「未來」的力量，感到了希望，這就是幸福，我們對自己說，這就是幸福，儘管我們已經蒼老，儘管無情的皺紋已經布滿了我們的臉頰，儘管我們的孫子——他手上握著的陽光像鏡子一樣照在我們的臉上，在他的目光中我們的蒼老像大街上的廢墟一樣無處躲藏。

相比較而言，試婚則是爲了逃避義務（生育、撫育以及對於婚姻另一方的義務），逃避將自己作爲族類的手段而不再是自己目標之宿命的形式。這是現代人爲自己保留自由——在婚姻中而又保留自由的一種形式。它是妥協的結果，因而作爲自由它是不徹底的自由，它並不像我們想當然的那樣是完全自由的，其實它也有自己的束縛形式，只是這種束縛來自於我們的更爲自覺的自律，而不是結婚證帶來的他律。作爲義務，它是不徹底的義務，試婚給「分手」留下了可能，因而絕大多數的試婚者並不生育，在這種情況下，試婚者的義務就是不徹底的，他們的義務只是在試婚期間彼此忠誠的義務，他們的目的依然是自己的幸福，這樣的義務和生育帶來的義務——一種無償的無私的義務是不同的，是一種不徹底的義務。婚姻對於人類來說永遠是一種宿命，一種以自由的方式放棄自由的宿命，一種以目的者的身分降格爲手段者的身分的宿命，一種以愛情的自律換取法律的他律的宿命，一種以自己的幸福換取族類延續的宿命。對此人類無以逃避。因而試婚這種形式是不可取，它不是對宿命的反抗，也不是對宿命的接受，而是對宿命的逃避。

許多試婚者以爲這樣可以和幸福結緣，其實相反，試婚者眞正幸福的是很少的，因爲試婚的出發點就是對「幸福」的不信賴，試婚者多只相信當下而對永恆、終極這樣的辭彙毫無興趣，他們多是爲當下的快樂而用盡全力的人，他們哪裡還有時間爲明天的幸福做出努力，他們只是生活在今天，他們絲毫也不願意花費今天的一點兒時間爲明天的幸福做任何的準備。這樣的人是自私的，因而他們不可能給其他人以幸福和歡樂，這樣的人結合在一起，就不可能互相給予歡樂和幸福，對於他們來說幸福、歡樂、自由自己享用才叫幸福、歡樂、自由，他們怎麼捨得將這樣寶貴的東西交給別人而不自己享用呢？因而和這樣的人結合（試婚）你的歡樂不可能增加一分，你的幸福也不可能增加一分。試婚給你的幸福感、歡樂感其實都是一種錯覺，這種歡樂感和幸福感是你一個人也可以擁有的，因爲它其實是你自己給自己創造的。試婚中的你依然是一個人的你，你的歡樂依然只是來自你自己。既然如此，我們有什麼理由試婚呢？僅僅爲了感官的「幸福」嗎？

所以，年輕人，當他帶著自己的女朋友到我這裡來，當他們為了自己的幸福而準備結婚的時候，我就對他們說，不要結婚。在我看來，為了自己的幸福而結婚終將導致不幸。

其實，現實中的人們並非沒有認識到這一點，例如，人們為什麼需要婚禮呢？婚禮是一場表演，它除了對那些默默無聞但是卻有極強的表演欲望的人有一點兒心理上的安慰，其實對於更多的人它是沒有意義的。但是人們依然在繼續著各種各樣的婚禮（這其中有多少是迫於習慣的壓力），女人穿上婚紗，在料峭的寒風中站立，在酒店門口等待著客人的光臨，她是出於盛情嗎？不是，她在等待那些給她佔有新郎——他的身體以及靈魂——這一事實作證的證人，對於那些證人的到來她當然是迫不及待的，她準備好了豐盛的酒菜外帶最熱情的笑臉——這天她將自己打扮得出奇地漂亮——這證明她值得那些前來作證的人出場。而後她就開始在對新郎的佔有中衰老。這是一件多麼可怕的事？沒有人作證，保證她終生都可以佔有他，她怎麼敢做？反過來對於新郎來說也是如此。

現在想起來，大概所有的結婚的人都是心理緊張的，他們都在害怕婚後的不幸——被拋棄是他們所能想到的不幸中的最大的不幸。所以他們要找這些證人來，證明他們互相之間的佔有關係。

從這個角度，我們會發現婚姻本身是多麼地不幸——它是焦慮的起源。一個證人出席了他們的婚宴，他對新人說，祝你們白頭偕老。這個時候他實際上是在擔心這對新人會勞燕分飛，就如我們不會祝福一個兒童身體健康一樣，我們祝福一個老人身體健康其實是想他快要不行了。

那麼，就讓我們在婚姻中履行義務吧！讓我們在義務中衰頹。常常，我在想，我的兒子就是我的牢獄。你看此刻，我恍恍惚惚地在這裡寫字，因爲什麼呢？因爲我必須七點起床，而我現在根本就無法工作。每天七點起床對我來說簡直是一場噩夢。我的兒子，他像個魔鬼，時刻追隨在我的身後，太恐怖了，我無法擺脫他，他是這個世界上最稱職的獄卒，而我作爲一個父親則是這個世界上最稱職的犯人，心甘情願的犯人。

問題是，這奴役來自我自己，是我自己認可的。這就是人的動物性。所以我說，人的父愛、母愛根本就不值得歌頌，這是動物性的，無法克服的東西，都是動物性的。我能拋棄我的兒子嗎？我知道我正在被這種生活無情地毀滅，可是我有能力拒絕這種毀滅嗎？

所以，我終於知道我依然是個動物。然而，這又有什麼呢？一切外在的壓力其實都不可怕，眞正的毀滅來自自己，來自自己對自己的壓抑——心甘情願的壓抑和毀滅。是那種明知道無意義，也依然不能擺脫毀滅的心理。是對毀滅的承認。

我的兒子，我無中生有地製造了他，但是，他卻來到這個世界上見證我從有到無的。這難道不是我的宿命嗎？然而，我將毫無反抗地走向這個過程。有一種螳螂，雄螳螂在交配以後，就會心甘情願地被雌螳螂吃掉，當成懷孕期的養料。人又何嘗不是一樣呢？

13 我是你的玩具

我常常是近乎討好地在給他買各種玩具，陪他各處玩。但是，他依然會將這些功勞無一例外地記錄在媽媽的頭上。

那個時候他只有兩歲，他頂著小小的腦袋在午後的光線裡趔趔趄趄地走著，旁若無人的樣子，故意不看我，不過我知道他在看我，他只有在看到我非常高興的時候，在我的鼓勵之下才會勇敢地走下去，但是，他不願意讓我知道這一點，他小小地耍著他的花招，在我的面前證實著自己，我看到他小小的勇敢在陽光下那麼倔強，那麼認眞，他是有自己的意志的，雖然那麼小，但是他有自己的意志，這簡直是奇蹟。

陽光在他的頭髮上跳躍著。還有背景中的樹和暗紅的細花，也被陽光著上了色。他的背景非常繁複，有點兒雕飾的感覺。在陽光下長久地凝視他讓我暈眩。

他的右手隨著步子一前一後地晃動，左手卻是不動的。他還不能協調地走路。

不過，他也拒絕我的攙扶，他讓我看他一個人走，然後在遠處驕傲地回頭望我，在十步遠的地方，他就更小了，還沒有朋友的富康車輪胎那麼高，但是，他很簡單地走動著，內心一點兒曲折彎繞都沒有。

三歲的時候，他問我：「爸爸，我有那麼多玩具，你呢？你玩什麼呢？」

我說：「爸爸的玩具就是你呀。寶寶就是爸爸的玩具。」

他說：「我天天都要玩玩具，那你呢？」

我說：「寶寶是爸爸的玩具，寶寶天天讓爸爸玩嗎？」

他說：「那我天天晚上這個時候來給你玩。我先刷牙，洗臉，然後到你這裡來，再後來，我就去和媽媽睡覺。」

後來，他常常到我的書房裡來，他說「爸爸，你的玩具來了。」

我說：「我先給你裝電池，然後上發條，再把你放在地毯上。」

他說：「那你要裝好電池，我跑得很快，像小汽車一樣快。」

於是，他在地上爬來爬去，他說：「爸爸，我這是老爺車。」

有的時候他不理我，我就說，現在是爸爸玩玩具的時候了，你應該過來讓爸爸玩玩了。他就說，只能玩一會，不能浪費電池的。我說，好的，就玩一會兒。

我想他是在遷就我。在他的腦海裡，他是怎樣將自己和「玩具」這個職責聯繫起來的呢？責任感，作爲「玩具」的責任感在其中竟然就發揮著作用，他有了他的職責意識，並且因此而有了責任感。在未來的世界中，他的責任將會有多重啊，他竟然就無師自通地學會了用他小小的肩膀來承擔職責。

那時我兒子大概只有八個月大，我還在外地的一所學校讀博士，我的妻子一個人撫養著他，放假回家，我的兒子對我是那樣地陌生，晚上，妻子單位有事，出去了，我一個人在家裡和兒子待著，對於他的存在，我沒有任何理念，我一個人躺在床上看電視，讓兒子在床上自己爬著玩，當我看完一集電視劇，我發現他竟然趴在我的身邊睡著了，他的腦袋依靠在我的腰部，小手輕輕地抓著我的衣褶，側身睡在我的陰影裡，毫無防範地睡著。

我是在這件事情之後才意識到自己是個父親，意識到我對兒子意味著什麼——尤其是在他媽媽不在的時候。人，是一種多麼奇特的生物，即使是在睡眠中，人也有一種需要，比如依靠，如果沒有這種依靠的滿足，他睡眠的情緒就被打破了。小孩子，他不會隱藏自己的情緒，因而要麼睡著，要麼睡不著，他不會假裝睡著，來掩飾怯懦、回避、渴求，他也不會假裝睡不著來強調自己的疾病，責備別人對他的冷漠。他不會在想睡的時候強作歡顏，用手捂住嘴巴打哈欠。

他就這樣認定了他的父親，在睡眠的時候，他用他毫無遮掩的睡眠表明了對另一個人的信任。

我想父親和兒子之間是怎樣相通的呢？

他出生的時候是我第一個將他從護士手中接過來的。那天我坐在產房外面，數小時的等待使我昏昏欲睡，我已經好幾天沒有睡好了。我徒然地望著產房，腦子裡一片空白，這個時候護士拉開了產房的門，她手裡抱著他，她高聲喊著某某——某某——某某，好半天我才明白那是在喊我愛人的名字，我猶豫著站起來，她又大聲喊道某某家屬——。

我說：「我是，有什麼事嗎？」

她說：「你怎麼這麼木？」

她將他往我手裡一塞：「你是不是叫葛紅兵？」

我說：「是的。」

她手上用了力，大概是看我有沒有抱穩當，最後終於將他放到了我的手上：「喏！你的！」

天哪，她塞過來的是個孩子，很小很小的孩子，臉上還有血絲。

我訥訥地抱著他，我該怎麼辦？我在過道裡轉悠了好幾圈，這個時候有一個中年婦女走過來，看著他說：「唉呀！你的孩子眞漂亮。」她的話提醒了我，這就是「我的」了？我突然有一種將他交給她的衝動，木然中我竟伸手將他遞了過去。

也就是在這個時候，我媽媽上來了，她一把接過他，答聲向樓下喊道：「唉呀！生啦！生啦！」

接著她咚咚咚咚地跑下樓去，我也跟著她下樓，這個時候所有等待的人都鬆了一口氣，他們一起圍觀著，一邊嘖嘖稱奇。

這眞是奇蹟。然而，作爲一個父親，當時我覺得我差不多是個局外人，一個心情愉快但是當時卻並不知道怎樣體驗這種愉快的局外人，也許是大家都覺得我應該愉快，所以我才愉快的吧，事實是我一個人坐在病房一角，彷彿心事重重，但其實什麼都沒有想。

後來我妻子反覆地問我爲什麼坐在那裡發呆，她說我那天的表現讓人失望，不像一個剛剛做了父親的人。我說，從人子到人父，這個過程太突然了，我沒有準備好，快樂的情緒需要醞釀。我的妻子對我的回答非常不滿意，她反駁道：「難道十個月，還不夠你準備的嗎？」

是啊，這是個奇蹟，兒子是奇蹟本身，妻子是的締造者，作爲父親，在這個奇蹟中應當怎樣出場呢？我實在沒有準備好。我說：「我實在是沒有經驗啊！要是生第二個孩子也許我的表現會好一點兒。」

他降生後不幾天，我就到南京讀書去了。對於他我依然沒有什麼感覺，我甚至都不知道他到底長什麼樣子，空下來的時候，我常常努力回憶他，但是，很模糊，他那麼小，樣子實在是模糊的。

然而，一個月以後，他突然出現在我的夢裡，他長得那麼大，似乎是我離開家時候的三倍，他的頭那麼大，眼睛那麼亮，甚至讓在夢裡的我都感到訝異。他的面貌在夢裡非常清晰，眼睛、鼻子、耳朵、嘴巴稜角分明，這讓我一下子記住了他的相貌。

在夢裡，我還看到他的頭上有類似癬一樣的東西，那麼眞切，我差不多還能感覺到他的痛苦。他會癢的，我想他會感到癢。

醒來以後，我就再也睡不著了。那個時候我家裡還沒有裝電話，我無法和妻子聯繫驗證這個夢。但是，我想這個夢是不眞實的，他怎麼會長得那麼大呢？我離開家的時候他還那麼小，他的頭上怎麼會有癬呢，怎麼會痛苦呢？好幾個人在照顧他。

可是，我依然一整天都沒有興致，做什麼都沒有興致。相反，我的不安在擴散，它讓我坐立不安，最後我決定無論如何都要趕回去看他。

當我風塵僕僕，當我坐了八小時汽車，又搭二等車，終於在晚上九點半趕到家，當我衝進臥室，當我看到躺在妻子懷裡吃奶的他的時候，我驚呆了。

他竟然和我在夢裡見到的樣子一模一樣。他眞的不可思議地長到夢裡那麼大了，而且他的頭上的確生了奶癬，一塊一塊的紅色疹子，爲了防止他抓自己的頭，他的手被紮在衣袖裡。

我妻子說：「他這幾天挺難受。」

我蹲下來，摸著他的衣袖，脫口而出：「是的，我已經知道了。」

妻子說：「你怎麼知道的？」

我說：「夢裡，我夢到他了。」

我的兒子最先喊的人是爸爸。但是這並不能證明兒子和我的感情超過了他和他的母親，事實正好相反。

他常常說他要做警察，但是誰來做壞蛋呢？媽媽？爺爺？奶奶？都不，爸爸做壞蛋。

我問：「爸爸、媽媽哪個好？」他說兩個都好的。那麼誰做壞蛋呢？他還是說爸爸。

爸爸在他的心目中地位極其低微，誰餵飯給他吃呢？誰陪他睡覺呢？誰給他洗澡呢？誰和他一起唱兒歌呢？都是媽媽，爸爸眞是沒用。

他說：這個爸爸一點兒用都沒用，我不要這個爸爸了。

那你就沒有爸爸了？

他說：那就讓媽媽再生一個新爸爸。

在他的意識裡媽媽是萬能的，媽媽締造整個世界。

我常常會爲此而感動莫名，眞的很好，他沒有恐懼感，他覺得有一個萬能的媽媽，什麼都可以解決，什麼都不用怕。

我希望他永遠有這種安全感，永遠覺得在這個世界上生活著非常安全，非常非常安全。

一次和妻子吵架，兒子突然出現在我身後，他用他手裡的玩具飛機在我的腰部頂了一下，我沒介意，一會兒我又感到他頂了一下，我這才發現他是在打我，他似乎讓憤怒主宰了，我覺得那樣強烈的憤怒在他那小小的身體裡差不多就要使他爆炸了，他的眼睛惡狠狠地盯著我，看上去極爲粗野。

一下子我就洩氣了。

在那雙眼睛的逼視之下，我放棄得非常迅速，我已經在精神上被擊敗，他那小小的玩具飛機作爲武器超過了任何尖刀、匕首，甚至比機關槍還厲害，它掌握在我兩歲的兒子的手裡，就猶如掌握在上帝的手裡，它的權威無可置疑。

現在，我正爲提高自己的地位而奮鬥，我正努力在他的生活中扮演一個稍稍重要一點兒的角色，我常常是近乎討好地在給他買各種玩具，陪他各處玩。但是，他依然會將這些功勞無一例外地記錄在媽媽的頭上。他覺得爸爸給他的一切都實際上來自幕後的媽媽。這讓人氣餒，但是我堅持不懈。

可是，親愛的兒子，我該在什麼時候告訴你這個世界不僅僅有媽媽，還眞的有壞人？我該在什麼時候告訴你，這個世界上大多數東西，都要你首先貢獻自己的勞動，作爲交換才能獲得？什麼時候，你會頭也不回地離開我們，遠遠地在另一處生活，而我們竟然一點兒都不用爲你擔心呢？

14 學與術

這個世界對於「過客」本就沒有布施，
期待布施、接受布施只會使自己虛弱。

我不希望別人稱我為知識分子，有學識的人，這是對我最大的侮辱。我知道我是個農民，叫我農民，即使我今天已經是所謂的副教授、文學博士。我痛恨知識分子這個稱呼，我覺得這個稱呼在今天已經成了妥協、委瑣、虛無、頹廢的代名詞，這個時代再沒有什麼詞比這個稱呼更讓人噁心的了，我一聽到這個詞就要嘔吐。

我也知道，我作為一個農民在這個時代的命運，即使我是個寫作者，我也將只能得到嘲笑。是的，四周嘲笑的聲音已經是如此地大，它們充斥著我的耳膜，他們說，看哪，這個人，他有多蠢，他竟然是個農民。是的，我是個農民，我也將永遠站立在我家鄉的草場、稻田、樹蔭的邊緣為大地、作物、河流、日光以及依賴這些而生活著的人們講話，我知道他們的命運，我是他們命運的見證，他們牢牢地綁縛在土地上，他們和土地的人生依附關係，他們呆滯的目光、裸露的臂膀、焦黑的面龐、絕望的生死……我是這一切最有資格的代言人。我數次掙脫它，又被一根無形的鎖鏈拉回的命運就是證據。如今我已經明白，如果因此而得到嘲笑，那麼這就是我的大光榮、大命運。

被侮辱與被損害的命運，對於我這樣的人來說幾乎是注定的，我終於能理解「過客」，他爲什麼拒絕布施，因爲這個世界對於「過客」本就沒有布施，期待布施、接受布施只會使自己虛弱。「過客」將被那些人認眞地嘲笑、譏諷，然後踩上幾腳，他們將被各種各樣的語言打扮成小丑、流氓、青皮。那些人用文風、學風的帽子，用作秀、炒作、出風頭的帽子，從道德上打擊我，算是找到了結癥，那些人看到了我在學術活動中的道德主義動機——就是要從道德上擊垮那些沒有信念的人，將他們從歷史的牌坊中剔除出去，放到歷史的恥辱柱上去，那些人看破了我的動機了，所以以其人之術還之於其人之身，那些人用這個方式，來打擊我，算是擊中要害了。那麼就讓我被擊中吧。這又有什麼呢？我已經聽到那些人嘲笑的聲音。那些人說「瞧啊，這些魔鬼，被我們擊倒了」。我也有可能在這擊中中死去，這樣那些人嘲笑的聲音就會更大了。對於那些人，我有什麼好說的呢？我只好對他說：「朋友，你在猜疑我了。是的，你是人！我且去尋找野獸和惡鬼。」

這是一個農民，他說出眞理的時刻必然要付出的代價，人們已經失去了以一種眞誠來領受另外一種眞誠的能力。喪失了僅僅出於正義而團結在一種行動中的能力，僞善的東西太多，僞善成了正常，眞誠卻反而被人們懷疑爲僞善。有人的黑暗中說話了，這個時候人們想到的不是正義和眞理，首先想到的是懷疑他們的動機，從道德上打擊他們。其實，在中國一向只有「老人」、「聖人」、「偉人」才有資格說出眞理，人們只能聽他們崇拜的偉人說出來的話，他們重複著偉人的牙慧，在世界上狂奔，自己已經變成了啞巴，因而就認爲其他人也都應該是啞巴——至少應該在聖人、偉人面前閉嘴，他們見不得小人物說話，我一個三十歲的農民憑什麼在世人面前說話？

然而，也正因爲如此，我是這個時代的衡量標準，我用我自己的命運來衡量這個時代。大多數人習慣於用這個時代來衡量自己，看自己能幹什麼，而我用我自己能幹什麼來衡量這個時代，我是農民、學生、教師，我熱烈而富於激情，勤奮常常讓我近乎自虐，眞誠常常令我淚如泉湧，如果我努力，如果奮不顧身然卻依然失敗，是我自己的問題，還是這個時代的問題？在這個時代對待我的態度上我們將看到什麼？看一個富人如何對待窮人我們可以知道他是否有善心，看一個父親如何對待他的兒女我們可以知道他是否有公平心；就如同我們在大陸和萬物的身上看見上帝的恩澤，就如同我們在海水和雲霓的身上照見陽光。

多年以前我們還能寄希望於「學術」、「學術價值」這樣一些辭彙來鞏固知識分子的職業信念和自尊，然而今天我們已經習慣了對學究式文體的嘲笑態度。一件學術成果不被說成是布滿時代偏見和派系成見的，一本書出版五年後還不被說成是過時的、荒謬的幾乎是不可能的。「學術價值」已經成了似乎是靠同行承認才得以成立的事情。這是否就是學術的宿命，又進而就是知識分子的宿命？今天有誰說「這是人類的必然法則」、「這就是眞理」這樣的話會被人笑掉大牙，在這個時代，「學術」似乎已經失去了它的光環。

「學術」本是知識分子的「精神獵奇」，它是知識分子的解決精神困頓的方式，是一種知識本能。當代知識分子有三個精神源泉：其一是當代中國（五〇年代以來）的理想主義、集體主義；其二是西方的現代性觀念；其三是中國傳統的儒家觀念。它們曾經是中國知識分子的思想規範，中國知識分子已經習慣了這種從既定規範出發來思考、寫作和生活，它們像嬰兒需要乳汁一樣地依賴這些規範。

我們需要這樣一個時代，再沒有神，也沒有聖，這其實就是尼采說的一句話：「瞧，那兒有多好，沒有上帝只有諸神！」沒有超級人格爲知識分子提供規範了，知識體系裡傳統的等級秩序不復存在，這是一個眞正的知識民主和平權的時代，也因此是一個知識上的充分的自由和創造的時代，但是中國有多少知識分子能承受尼采式的「殺死上帝」的「虛無主義」？如果「超級人格」死亡了、「絕對主體」不在了，我們許多知識分子便會感到惶惶不可終日，他們不是從此脫離母腹走向自由自覺，不是義無反顧地向前走去而是四處逡巡尋找新的依附物件，他們什麼都找，就是不找自己。他們對眞正的知識民主和知識平權的局面無法適應，他們的思維習慣了過去那種知識集權主義、恐怖主義的作風，他們要尋找「學術的尊嚴」和「學術的秩序」，彷彿不回到那個一元格局中去就沒有眞正的學術了，如果大家不遵守一個統一的「眞理」（或者說他們認定的眞理）他們就要大聲棒喝，看起來他們氣壯如牛，其實這是一種典型的學術嬰兒病。

知識分子的一個本質特徵是書面性，他們的工作是爲人類文明的傳承提供創造、發揚和保障，這要求他們具有超越的眼光和偉大的歷史感，他們的成就應通過書面化而得到保存。而當今知識分子的工作正在失去書面化的特徵，正在不斷地口語化，各種各樣的報紙刊物上充斥著大大小小的「對話」，「對話」的特點是它的意義依賴於特殊語境（具體情景，交談者各方的共識等），語境參與口語意義的生成，口語意義是由實際說出的部分（言語）和未說出但被暗示、參照和指涉的部分（語境）共同構成的。口語與其語境統一，一旦將交談抽離其具體語境，它的意義就會出現分歧，因此對話這種方式是一種意義難以被其他語境分享的一種限制性的學術方式。與口語相反，書面文化的前提是讀者的不在場，寫作的具體情景並不參與文本意義的構成，口語意義的當下語境對於書面語來說是不存在的，寫作經歷了一個超離「語境」的過程，因此它更適宜於大範圍的文化傳播和傳承，更有普遍的意義和價值，它從形式上使人們更容易上升到普遍性的存在層次，使知識分子的創造性勞動超越于當下一時一地的意義，體現出一種普遍性的、超越意義的價值。當今知識分子熱中於對話這樣一種表達方式已充分表明當今的知識分子已經深深地陷入當下性的情景之中，他們對其言說的歷史價值和獨立意義、超越可能是不抱任何信念的。一個自信的人，他一定一言千金，充分珍重他所說的每一句話，而不斷嘮嘮叨叨、言說不止的人，他一定是不自信的，因爲他首先想到的總是別人會懷疑他，所以他才要反反覆覆地論證自己，他不知道他說得越多，其實就越不可信。這就是當代學術的嘮叨病。知識分子似乎已經失去了通過細緻入微的創造性書面工作而使世界爲之感動的信心，而是換成了不斷的嘮叨，似乎在今天除了用不斷嘮叨，不斷地在傳媒「反復其道」，不斷重複地說話這種方式以外，知識分子已經無法使人相信他所說的話了，一個知識分子面對自己的精神產品他是否能體驗到一個農民面對自己產出的水靈靈的瓜果時那種充實和幸福的感受？面對買主，那個農民抽著旱菸無言地蹲在他的瓜籃面前，他無需說話，因爲他的瓜果本身就是最好的語言，然而一個當代知識分子他是否會有這樣的無言的自信呢？不，他沒有！他必須不斷地說，不停地說，以此證明自己的存在和意義，不停地說話是當代知識分子的一個精神強迫症。知識分子只能像祥林嫂一樣地說著，這是這個時代賦予知識分子的宿命嗎？其原因是否又是因爲他所生產的不爲這個時代所需要，而他卻無法不生產？

當代知識分子是作爲一種文化資源被配給與一個又一個單位的，他們的一切都依賴「單位」的配給，這種體制上的依賴（沒有單位以及職稱彷彿就不成其爲知識分子），造成了他們精神上的依賴。知識分子已經不再是一種光榮的獨立的職業，學術也隨之不再是一種創造性的工作了，而是釋解和傳道，成了一個人人都能做的工作。當代學術正越來越陷於複雜的學術官僚結構之中，這種學術的官僚結構越來越複雜，它和當代知識的民主和平權局面是背道而馳的，因爲維護知識體系和結構的等級秩序幾乎是學術官僚結構的本能。

歷史上，西方世界獨立地發展出了科技文明以及理性思辨體系，而中國世界只有在西方世界的刺激之下才有了科學技術和邏輯思辨力，爲什麼呢？原因是中國傳統社會是一個集體主義的社會，在這個類型的社會中，佔據主導地位的觀念被認爲是對所有的人都有約束力的，即大多數人關於是非曲直的看法能夠阻礙個別發明家、思想家的看法，少數人企圖將科技和思想的發明運用於社會生活的嘗試，儘管可能非常先進，但是，卻不被社會所允許，它們很快地就被壓制了，尋求新的知識、創造性地思考問題的衝動就這樣窒息了。在這種類型的文化中，人們沒有機會選擇自己個人化的生活方式，不能嘗試去創造自己的生活。因爲嚴格的社會思想控制，他們也沒有機會瞭解不同的生活方式。這種情況一直從社會生活的公共方面深入到個人生活的隱私方面，因而科技文明以及理性思想（每個個人按照自己獨特的對於生活的理性理解來選擇自己的生活方式）的因數就不可能在這種文明中發芽生長。因爲這個社會不鼓勵而是壓抑個人這樣做，相反鼓勵個人按照大多數人的統治性觀念生活。

這種處境中的學與識，那會是什麼含義呢？學就是理解並無條件地接受統治性思維、觀念，識就是不折不扣按照這種觀念生活。學識的意思合起來就是徹底地喪失自我，而成爲一個執行統治性觀念的機器。一個越有學識的人他就越是喪失自己，在這樣的境況中，一個學識淵博的人的意思是說他完全地沒有個人人格和思想，他是另外的一個人，沒有自我意識的人，他只能叫無名氏。

「我意識到自己埋身於一種抵抗之中……我懂得自由人終會惹起野蠻人的怨恨，他的最初任務便是去對抗他們。」這是《西蒙．波娃回憶錄》第一卷「閨中淑女」裡的一段話，自然波娃也有軟弱的時候，正如她自己所說：「有時候我認爲自己缺乏力量，我可能忍受再次變得和他人一樣。」但是這不影響她作爲本世紀有數的幾個最偉大的女性之一而享有的榮譽和尊敬。由此聯想到沙特，他在自傳中說：「我將通過我的神祕的祭品、我的作品使得處於深淵邊緣的人類不至墜落下去……我自願成爲了一個贖罪的犧牲品。」（《詞語》）

另一方面又是一種自我拯救：「我通過我的工作和眞誠來拯救我自己。」（《詞語》）在這些眞正的知識分子的著作和人格中我看到對歷史、對讀者的眞誠以及近乎自虐的自我解剖結合起來了，他們的一生就是「反抗的一生」，她拒絕「世上的慣例」，「向外界的意見挑戰」。她心中的唯一的神是「我深奧的內在」，她用她的「整個存在服從它」。她說：「我發覺在世界上沒有一處適合我，……我不去考慮自己究竟要在什麼地方停留，我將獻生於不安。」她不願在「一個地方停留」，她無法忍受沒有想像、沒有自由，「每一天都是前天的重複」的生活，就此她寧可獻生於「不安」，「許多人在他們久待而可怕的退休之日來臨前，沒有擺脫這種重複生活的希望。對他們來說，生活中唯一新鮮之處是他們的孩子的出生和成長；日復一日的單調生活中這種新鮮感又會消退」，這對於波娃來說是不可想像的，因而波娃和沙特保持了終生協定式伴侶生活，儘管他們志同道合，但卻始終沒有結婚，他們一方面彼此深深地眷戀，另一方面他們又在各自的生活中保留了自由交往的空間。對於她和沙特的關係她是這樣說的：「在我的情形中，我有大量的閒暇；我讀書，我結交新朋友，我旅行——我繼續發現。我繼續關注外部世界。我保持同沙特的生動的緊密的關係，我不受家庭和家務之累，我也不覺得自己被過去牢牢地束縛了手腳，同時，我滿懷信心地憧憬未來，……自由發揮了作用。」除沙特以外她曾兩次公開有過情人，她和沙特甚至嘗試過一種「三重奏」的生活。她就是這樣一個人。傳記在這方面體現了「絕對」的坦誠，她說：「我還是很熱心地信奉不道德主義……如果他們是沒有理由的、絕望的、反叛的……那是拒絕和正人君子混同的極端的態度。」我尊敬這樣的知識分子，然而這種知識分子他首要的人物不是解放別人，而是解放自己，中國的知識分子什麼時候能解放自己？在《詞語》中沙特說一般人缺少存在因而他們總是生活在被給予的存在中。這不正是在說中國的知識分子嗎？

尼采自己曾說自己「既是頹廢者，也是其對立物」。說他是頹廢者是因爲他身體孱弱，在其父謝世的年齡（三十六歲）他的身體就出現了可怕的衰頹的徵象，但是也正是這種衰頹給了他抵抗的力量，使他獲得一種他自稱爲「侵略性激情」的東西，成爲頹廢者的對立物，他說「病患甚至成了生命的特效興奮劑，成爲促使生命旺盛的刺激物」，「從自身要求健康、渴求生命的願望出發，我創立了自己的哲學。」這這句話是理解他的哲學的鑰匙。

一方面他有著極爲強力的理性思辨力量，另一方面，他又是一個最最徹底的懷疑論者，他懷疑一切既往，一切成規，批判一切在先的和已成的，他甚至懷疑自己、批判自己，這種徹頭徹尾的懷疑主義使他付出了生命的代價：精神分裂和瘋狂。就這樣理性和瘋狂成了他的一人兩面，以一種瘋狂而追求理智，成了他的哲學的根本特徵。

他宣布上帝的死亡，將上帝這個高居於「人」之上的超越者死亡的消息帶給了人類，

「重估一切價值」，宣布「偶像的黃昏」，這樣他就將人的超越性渴求由天國拉回到了塵世，對西方理性主義哲學以及基督教道德構成了毀滅性的打擊，他是眞正將哲學從關於精神的夢囈中拉回到地上的人中間來的人，如他自己所認定的那樣他是西方形而上學的終結者。但是一方面是上帝已死，另一方面他又「打著燈籠尋找上帝」，他並沒有徹底地放棄西方思想中的超越性理念，重估一切價值的背後是建立新的價值體系、對待舊有道德譜系的棄絕性態度之後是重建新的道德標準，他消滅了「神—人」的二分法，他說：「看！那兒有多好，只有神而沒有上帝。」但是他沒有殺死西方思想中的超越性理念本身，他建立了地上的超越者：超人，以超人和蟲人的二分法代替了神和人的二分法，正是從這個意義上海德格說他是西方最後的形而上學家也是沒有錯的。「神—人」二分法中人的處境是被動的死亡的頹廢的無望的，而在超人和蟲人的二分法中人的處境卻是積極的強力的創造的，人宣布自己爲個體、個人、孤獨者，自己的世界的主宰者，因而人由上帝的他救而成爲自我中心的的自救者，人人都可以成爲超人——這就是「超人」作爲超越理念和西方傳統超越思想不同的地方，它是屬人的而且是屬於充分地生活於個體意志之上個人的現世的超越理想，是「人」的道路。

尼采對於這個世界是絕望的，他並不認爲這個世界會變得更好，他認爲這個世界根本不存在什麼進化，只是永遠的迴圈而已，是偶然的機遇的，沒有絕對目標和方向，因而也就沒有絕對的價值標準，但是尼采又不是絕對絕望者，他反對叔本華式的厭世，他將希望寄託於個人，他寄希望於孤獨個體的誕生，那種在神死之後自己理解，自己掌握自己，自己作爲世界的最後仲裁的個人的出現，「這種人和『現代』人、『善良』人和基督徒和其他虛無主義者完全相反他的哲學奠基於個人之上」——超人。因此超人是一個個體概念，許多人將尼采的「超人」理解成是超越他人的人，這是不盡準確的，「超人」的原始含義是超越自我的人，「超人」是每個孤獨個體的自我超越理想，是個體的超越理念，因而超人的理想和「上帝」的超越理想是不同的，上帝的超越的結果是絕對主宰，而這正是尼采所反對的，超人的超越目標是自我的誕生，是個體的確立，至於對他者的超凌只是它的外在結果：自我超越的人自然同時會超越一般意義上的人——蟲人。

尼采是近代以來世界上少有的能用語言這把令人困惑的樂器演奏出精彩的華章的語言大師之一，他說「偉大的韻律的技藝、圓周句技藝的偉大風格，表現一種超凡的，超人激情的大起大落，這都是我首先發現的。」尼采的語言放縱恣肆，毫無修飾做作的成分，一種充滿激情的內在緊張感極爲強烈的語體，尼采的語言是詩化的易讀的，在尼采那裡看不到黑格爾、康德那種冷冰冰的僵硬氣息，有的是一種柔軟的以天才的力量灌注而成的詩。可以說他的語言本身就是他的哲學的標誌。這才是眞正的哲學。

尼采是絕對自信的，看一看《瞧！這個人》的標題我們就可以理解這一點。這些標題是：〈我爲什麼這樣智慧〉、〈我爲什麼這樣聰明〉、〈我爲什麼寫出了這樣好的書〉、〈爲什麼我是命運〉……，他說誰「偏愛我的書就是給他自己最高的獎賞」……但是他又是不合時宜的，他在那個時代注定要忍受譏諷、嘲弄和漠視，所以他說：「我的時代還沒有到來」。這證明尼采對自己的命運是充分瞭解的。他生活的時代依然是謝林、費希特、黑格爾的天下，而他的哲學正是從這些人的晦暗處出發的，他把辯證法看成是頹廢的徵象，他一生都在反對德國古典哲學，雖然尼采沒有像叔本華那樣直接遭遇與黑格爾在柏林大學講壇上鬥法的失敗（叔本華認定謝林、費希特、黑格爾是鼓吹牛和江湖法術的三個詭辯家），但是這種反對注定在他的有生之年不會成功。他生在十九世紀，卻注定自己是後十九世紀哲學家，二十世紀幾乎所有重要的哲學家都受過他的影響，弗洛伊德、柏格森、舍勒、海德格、德西達等等都是如此，法國後現代大師傅柯就曾坦言自己是「尼采主義者」。說尼采的思想啓示二十世紀也許是不過分的。

現在，我已經找到了自己的典範，在尼采、沙特、波娃的身上，我看到了一個人的學與識是怎樣地使他變得和大地、人民以及自己更爲親近的，而不是相反。然而在中國的土地上呢，這塊土地上，那些戴著深度眼睛的人，那些坐在冷板凳上人，他們道德主義的腦門已經被漿糊塡滿了，他們彷彿是在黑暗中的鬼蜮行走，一點點兒聲響都會讓他們哆哆嗦嗦，恐懼和委瑣已經讓他們的人格垮臺了。學識沒有使他堅強、清晰而是使他變得曖昧、模糊。他的灰暗、模糊沒有稜角的臉面顯現在這個時代的大街上，他告訴別人他叫知識分子。

——當我們爲一篇又一篇明知對世界毫無益處的文字而費盡心血，當我們懷著深深地近乎絕望的希望而寫作那些被稱作「學術」的文字，當我們對一個與世無補的問題而爭論不休，我們誰能逃脫這學術「強迫症」爲除了「學術」我們尚不能找到區別我們爲知識分子的其他身分標誌，只要有關「學術」的幻想依然招安著我們的靈魂，我們就只能如此，或許我們注定如此，我們的學術病就是這樣致命。

這是一件幸事還是一件不幸的事？

你看，我是多麼的矛盾啊。袁，我眞的非常矛盾，其實，我什麼都幹不了，也許我生下來就是老年，或者我現在已經退休就好了。

15 邪與惡

是那些怯懦的人幫了我們的忙，成全了我們邪惡的快感。

人到底是邪惡的還是善良的呢？我住的宿舍的後窗面對著一塊空地，一個春天的下午，陽光非常好，遠處是人們在拍打被子的聲音，近處是陽光撒在草地上，青草的味道、麥稭稈的味道、濕潤的花朵的味道混合著，一切都讓人產生美好的念頭，一個五歲左右的小男孩，他一個人在空地上玩，對面牆根下有一個破損的被人丟棄的塑膠娃娃，雖然已經殘破，我們依然可以從娃娃的紅紅的笑臉、胖嘟嘟的手臂和半張著的小手上感到她的可愛和生命的氣息，小男孩終於注意到了那個娃娃，這個塑膠娃娃在他的幼小的心裡到底激起了什麼樣的感受呢？我看到他向塑膠娃娃走了過去，停在她的不遠處打量她，他會不會抱起那個娃娃呢？他沒有，他退了回來，在地上到處尋找著什麼，一會兒他找到了一片鋒利的玻璃，他拿著那塊玻璃向那個娃娃走去，他走到娃娃的跟前，在娃娃的跟前蹲了下來，仔細地看了娃娃一會兒，接著他小心翼翼地伸出拿著玻璃片的手，那只稚嫩的手在空中劃出一道優美的弧線，那麼純淨充滿希望的手，但是這只手伸了出來，它向著塑膠娃娃的手伸了過去，它要幹什麼呢？它是要和塑膠娃娃的手相握嗎？不是，它輕輕地用玻璃片在塑膠娃娃的手上劃了一道，然後，他仔細地打量著塑膠娃娃的手，也許是它沒有看到塑膠娃娃的手中流出血來吧，它又舉起了手中的玻璃片，在塑膠娃娃的手上重重地劃了一刀，然而他又開始觀察起來，就這樣這個五歲的小孩在塑膠娃娃的手上一共劃了六刀，每一刀都經過了仔細的冷靜的觀察和分析，每一刀都比前一刀更重。之後，我走出自己的房間，繞到屋後，我看到那只塑膠娃娃的手已經被割成了兩瓣，手掌光禿禿地指向天空，五指碎裂著耷拉在手掌下面。

我的心止不住地顫抖。不是爲眼前塑膠娃娃的斷裂的手掌，而是爲剛才那個五歲的小孩，他那麼冷靜、那麼一絲不苟地將塑膠娃娃的手割成了兩瓣，在他幼小的想像中，他一定看到了塑膠娃娃手掌的裂縫中流淌出來的鮮血，他一定爲此而感到了快慰。

我知道，這種快慰是邪惡的。可是我不知道這種邪惡來自哪裡？不會有什麼人教他這樣做，是他自己發明了這種殘忍的遊戲，那麼，如果我說這是出於他的本性，我的結論有什麼不對嗎？

我身上有一種東西時刻讓我不得安寧。當公共汽車售票員用力推我大聲喝斥我要我往裡一點兒的時候，當我排隊一個小時剛剛輪到我但是收款員卻說下班了明天再來的時候，當我在教室裡上課看到一個學生他遲到了卻大搖大擺地走進來的時候……這些時候我希望不是用語言，而是用我的拳頭說話。他從我的身後積壓了過來，我稍稍用力，我不想被他壓扁，可是他在下車的時候突然發力將我拉下了車，我因爲站腳不穩，摔在了馬路牙子上，我扔到了手中的購物袋，吼叫著向他衝過去，我捏緊了拳頭，對著他的頭不斷地出擊，周圍布滿了人，他們圍成了一個圈子，彷彿是一個舞臺……等到我清醒過來，才發現我的眼鏡已經碎掉了，手背上不住地在往外淌血，左頰火辣辣地疼，我的妻子抱著兒子站在我的身邊。

我從地上撿起購物袋，然後緩緩地往家走，腦子裡嗡嗡地，我的妻子抱著兒子跟在我的身後……我的腦子裡湧動著的唯一一個問題是我的對手怎樣了，我讓他嘗到了我的厲害了嗎，還是他毫髮未損。我爲我不能親眼看到我的戰績而感到忐忑不安，我的對手他非常狡猾，他在我沒有看清楚他是否受傷之前就逃跑了，他讓我不知道怎麼評價自己，我到底是戰勝了還是戰敗了。對於我來說，受點兒傷甚至殘廢都無所謂，問題是必須讓他比我更慘，否則我就是個失敗者，一個可憐蟲。

時隔三個月，我和我的兒子在街上等車，突然，我的兒子對我說：「爸爸，你不要和別人打架了。」那個時候，我的兒子才四歲不到，他為什麼會擔心我打架呢？是不是街邊的景色，遠處駛過的汽車，以及我們站在街邊的樣子，讓他一下子回到了三個月前的那個時刻，那個四歲不到的小男孩，他看著自己的爸爸和另外一個人打架，心中充滿了無以名狀的恐懼。一時間我愣在了街口。

當然，我的本性並未釀成大惡。我孱弱的身體遏制了我，大多數時候是縮了回來，像一隻烏龜一樣地縮著自己的頭回家。當然，有的時候也有例外。那個時候，我很年輕，除了一些恐懼、自卑以外沒有什麼別的東西，對「大人」、「老師」、「城裡同學」，對於一切都盲目地恐懼，特別看重別人對我的看法，那個時候為了一點兒別人的好感，或者為了克服恐懼，我會做一些特別的事情。比如，我會和他們一道去打人。彷彿去打一個無緣無故的人，我的恐懼感就會減輕一點兒，彷彿只有和他們一起做冒險的事、刺激的事我才能獲得掩藏在這個群體中的安全感。比如打人。

其實，說去打人也是不對的，大多數時候我們其實什麼目的也沒有，只是找個地方，將那裡經過的和我們同齡的人隨便拎出一個來，打一頓。那個時候，我知道了，絕大多數人都是怯懦的，當我聽到被壓在地上的人發出豬婆似地嗥叫，當我看到挨了打的人夾著屁股像狗一樣逃跑，當我看到那些人跪在地上像企鵝一樣縮著頭求饒，我知道了人的本性。

其實那些求饒的人實在是蠢貨，他們用自己的怯懦出賣自己，要知道，我們這些人只是在別人的求饒中才感到快活，如果他挨了打，不是哀號著求饒，而是咬緊牙關，沉默著離去，我們這些人也就失去樂趣了，下次也就不會打他了，我們只會打那些讓我們體驗到樂趣的人。

當然，後來，我們在那一帶的學生中赫赫有名，常常不用我們打，他們只要遠遠地看到我們就扭頭逃跑，這也能給我們歡樂，或者他們沒跑掉，而是被我們捻上了，這個時候不用我們動手，他就會主動地哀號起來。——是那些怯懦的人幫了我們的忙，成全了我們邪惡的快感。直到今天，我依然不清楚當時這種快感到底有什麼理由。可是，當時的那種在折磨別人、嘲笑別人之中體驗快感的經驗依然留在我的記憶中。我知道這是多麼地不健康，我已經病入膏肓，可是這又如何，對於當初的我，這是來自本能的東西，我不是本能地在施虐中體驗了快感嗎？

回想到我在海門師範的時候，我已經考取了研究生，但是，那個名字叫「校長」的人，對我說，我不會放你走的，沒那麼容易。讀者也許會以爲我在什麼時候傷害過他，天地良心，儘管我性本惡，但是，在他的面前我始終像狗一樣溫馴，我常常想，那個時候如果他對我說：「葛紅兵，你如果把我的屎吃了，我就放你走，就讓你去讀研究生。」我會毫不猶豫地立即趴下我的低賤的身子，將他的屎吃個精光，而且心中滿懷對他的感激。

但是，他不。他連讓我吃屎的機會都不給我，而是沒有任何理由地想把我拖死在那裡。我給他送禮，我把我工作以來積攢下來的所有餘款從銀行裡拿出來，買了一隻手錶送給他，但是他不要，他義正詞嚴地拒絕了。他是個清官，清官的意思是說他體驗快感的源泉根本就不是骯髒的金錢，而是另外的高尚的東西。那麼他到底從哪裡體驗快感呢？從我焦慮的神情、從我絕望的眼光、從我哀求的語氣？從表面上看，拖死我，讓我終老在海門對他沒有什麼有形的好處，但是，他一定感到了某種類似於吸食海洛因似的快感，要知道有理由的施虐所得到的快感在許多人那裡不及無端地對一個無辜的人施虐要快樂得多——文革中許多人恰恰是被和他們毫無恩怨關係的不相干的人無端地打死的——要知道我是個有感覺的人，從他腆著的大啤酒肚中我感到了他每時每刻地生活在這種令人戰慄的幸福感中，正是這快感使他年輕，使他成功，使他五十多歲了然而看起來卻比我這個二十剛剛出頭的人更青春。

這種「否定」我的權力，這種對個人在職業選擇，居住地選擇上的「否定」，對誰有利呢？對國家？對人民？對我本人？其實對誰都沒有利，但是，這種「否定」就這樣被製造了出來，強加到了我的頭上。計畫經濟時代他們製造稀缺，使得上廁所的草紙都成爲稀罕之物，人們要得到草紙就只能請求他們的審批，也就是說「稀缺」就等於他們的權力，所以我說「稀缺」並不是必然的，不是因爲中國人比較外國人而言更懶，更沒有工作精神和創造力，而是因爲有人有意地製造「稀缺」。現在，他們則製造否定，因爲否定就等於權力。被製造的「否定」和被製造的「稀缺」在性質上是一致的，他們都是製造某種「虛無」，從反的方面爲自己的權力奠立基礎。面對這樣的權力，我們如何自處？

和他——這個名叫「校長」的人——相比，或者把他和年少時我、我的那些狐朋狗友在街邊打人，在被打者的哀號和乞求中，甚至在被別人打得遍體鱗傷中體驗快感的方式相比，和我們從流氓行爲中體驗快感相比，他要老練一百倍，他不動聲色，一絲不苟地收藏著他的快感，不讓任何人知道，這樣他的快感的強烈程度一定是超越那群在街邊用拳頭，用打人和被打來尋求快感的少年們烈的。他不打人，不罵人，他甚至不笑，但是他的快感是何其地充足呢？他的快感的源泉是何其地豐富呢？

現在我要讓他的快感去見鬼，我要殺了他，和他同歸於盡。一九九三年的春天，從四月開始一直到七月，我都在思考一個問題，如何殺了他，和他同歸於盡，至於上研究生的目的已經不在我考慮的範圍之內了。我所要做的是將他在我身上榨取的快感加倍地索取回來，我知道我沒有他的老練，我所能用的方式就是少年葛紅兵的方式，我性本惡，上帝，讓我找回那個在街邊掄木棒的少年，讓那個少年回到我的身體裡，讓我去死，但是同時帶上他——那個叫「校長」的人。我設想的第一方案是投毒，第二方案是爆炸，第三方案是刺殺……

晚上，看著正在洗鹹魚的妻子，我的心裡充滿了淚水，永別了，給我恥辱和快感的世界，我將帶著我的極樂的快感離開你們。

當然那個「校長」後來並沒有死，我也活著，活到了現在，而且還在寫作。

我要感恩師謝盛浩良先生，當時揚州師院的副校長，他拯救了我，使我免於罪惡。也免於死亡。他在最關鍵的時刻出現了，他像神，他幫助了我，讓我脫離了那個死亡的深淵。

這是我一生中永遠深懷感激的人，此後我每年給他寫一封信，但我從來沒有拜訪過他，我知道對於這樣的盛大的恩情我是無比藐小的，無力用行動來表達感激的，我唯一能做的就是洗脫我內心深處的罪孽，用這盛大的恩情來超度自己。但是恩師盛浩良先生在我離開揚州到南京讀博士的第二年便因癌症永久地離開了這個世界。我聽說有人不願意爲他發喪，但是他的那些學生們自發地組織了起來，爲他送別的那天從各地趕來的人成百上千，爲他送行的隊伍中光小車就有一、二百輛。要知道這些都是人們自發而來的，而不是任何組織動員的。

我是事後才知道此事。恩師盛浩良先生從來不給我回信（唯一的一次間接關聯是我聽說恩師盛浩良先生向系裡打聽我問我學習怎樣），離開揚州以後對他的情況我便一無所知。告訴我這消息的是一位原留在揚州工作的師兄，他對我說恩師盛浩良先生已經逝世了。那天，我一個人在操場上久久地靜坐，淚水打濕了我的襯衫下襬。

你看他在城市中踟躕，
像牆面上的污跡，
你看他在大街上晃悠，
像盲腸中的細菌，
你看他就這樣跪著，
你看他就這樣跑著，
你看他就這樣哭著，
你看他就這樣使用著自己，
彷彿一點兒也不感到可惜。

他用流淚表示活著，
他用下跪表示尊嚴，
他用假寐表示仁慈，
他用逃離表示愛情，

你看他在上海的風中一點兒也不孤寂
許多憔悴的樹枝站在他的身後
許多斑駁的人影牽著他的手心
在灰燼飄飛的夜裡
在人跡罕至的冬季
他就像一張碎裂的廣告招貼
他就像一片離開樹枝的死葉

16 我和我的工具在北方

一個和家人居住在一起的人如果遠行，
他一走出那個家門，他的家就變成了一個期待結構。

一個人打傘能走多久？去北方時是十一月底。天雨且冷。那是一把紅綠相間花紋很大的傘：買傘的時候我說我喜歡這種大起大落大紅大綠的傘。在北方的十一月，這樣的傘使人若有所思。可是傘終於是丟了，在一個傍晚，一個細細的雨絲布滿了大街小巷也布滿了眼簾的時候，被我忘在了一個電話亭裡。一個人打傘，能走多久？

北方的路是蒼白的，在低矮的天空下面，樹木突兀地支撐著站立在道路的兩旁，沒有一片樹葉的樹噩夢般布滿老繭。霧，很冷，像雨。雨中的樹幹是黑色的，這種樹幹黑得讓人分外絕望。我躲在賓館的暖氣裡，四面八方漫無目的地打電話。來北方的目的已經煙消雲散了，現在剩下的是一個沒有目的的異鄉人，在異鄉之地毫無理由地存在著。一次目的感很強的旅行會突然間失去理由，突然令人不知所措。我猶豫著去哪裡，一個上午就這樣猶豫掉了，其實我什麼地方都不想去。

現在身外的目的地消失了，我被迫回到自己，被迫自己和自己待在一起，可是我卻不能把自己當成目的，當成目的地，我只能將自己當成去目的地的工具，我的身體只能是我的工具，當我失去了目標我的這副工具就顯得六神無主了。我對著自己看來看去，我的身體在北方的空氣中無比僵硬。爲什麼我不能和自己安詳地待在一起？爲什麼我只是認爲旅行著、運動著才有意義？

常常我看到我的身體，它在這個世界瘦削地疲倦地走著，在這個世界上忙忙碌碌，總是好像要奔向某個目的地。我知道它沒有最終的目的，那個最終的目的地只是一隻黑色的四方盒子而已。但我不能告訴它，我不能讓它停下來。我的身體，就像大地不能沒有植物一樣它不能沒有理想。

你看我現在，在北方的一個賓館裡，我是突然地陷入一種慌張之中的，我失去外在的目的，在這種情況下我不知道如何安妥我的身體，如何與它深切地相守在一起。

我和我的工具在北方，在一個莫名其妙的日子，寂寞地厮守在一起。但是我們是不和諧兩個人。

一個和家人居住在一起的人如果遠行，他一走出那個家門，他的家就變成了一個期待結構，這個家裡的一切都因爲他的遠行而改變了：他經常坐的那張椅子，在家人吃飯的時候依然被想像中的他佔據著，其他人是不會坐到那張椅子上去的，這張椅子就像他依然在場一樣地屬於他，家人對他的想像使他成了不在場的在場者，這張空著的椅子就是對他的期待。他在家的證明比比皆是，一個偶然的電話鈴聲會牽動家人的心：她在想是不是他從遠方打回來的？

一個獨身的人遠行歸家是一種什麼樣的感覺。一九九七年的十一月我已經結婚了，但是我沒有家。沒有人等待我，遠方的我也沒有可以思念的人，我對那個「家」的思念是抽象的，是對物的思念：對家具、牆壁、書桌……這些東西之所以進入我的思念，只是因爲我用它們，用得久了，熟悉了，我撫摸它們，依靠它們，和它們朝夕相處，在它們身上有我的印跡，與它們在一起我覺得安全，沒有和陌生的事物在一起時的那種動搖感，打開書桌的抽屜，我可以預料哪一本書會在抽屜中展現出來，打開熱水器的籠頭知道它的水溫正是我所需要的，不會很燙，也不會冷得讓人受不了。我熟悉它們。我對熟悉的事物的這種感覺就是思念。

現在我再次回想我來北方的目的，一九九七年的十一月，這個時候所有的火車上都在流行陳明的《快樂老家》。陳明說：「跟我走吧，天亮就出發。……也許再穿過一條煩惱的河流，明天就能到達。」對於這段歌詞，我是事後三年，在一個朋友的家裡才聽懂了，

「跟我走吧」——請相信我，和我一起走；「天亮就出發」，——讓我們早些，再早些出發；「也許再穿過一條煩惱的河流」——再穿過一條河流就能到達了，快樂老家近在咫尺。好了，讓我們行動吧，我對我的身體說。

九一年的時候，我非常喜歡旅行。對於我來說，沒有任何東西，它的魅力超過了「遠方」，遠方——我不知道的地方，召喚著我。去遠方，去看一個陌生的城市、陌生的自然、陌生的人們以及陌生的生活方式，一片好山好水，一座充滿傳說和幻想的城市，另一些和我們不同的人們，多好啊，去一個陌生的異地，在一個沒有熟人、單位、領導、工資、房子、職稱的地方，自己對於那個地方完全是陌生的，自己對於那個地方的人也完全是一個陌生人，——這個陌生人和那個在家裡天天到菜場買菜的人，那個一大早匆匆爬起來上班的人，那個一分錢也要掂著花的人是完全不同的——我們成了自己的陌生人。

去遠方，去旅遊，我們其實是和這個陌生人——我們自己的陌生人約會，它是我們少年時代的老朋友，是我們幻想中的親人，是我們腦海中的一個揮之不去的影子，我們常常思念它，想念它，可是在平常的庸常的生活中我們無法見到它，現在我們去遠方，我們和這個陌生人約會，在一個神奇的異地我們去見這個人。在遠方我們盡情地揮霍時間，揮霍想像，揮霍金錢，在遠方與我們的「陌生人」約會時我們一擲千金，這是我們在遠方為我們的浪漫、激情所用的定金。因此旅遊應該有一個更爲本質的定義：日常生活的中斷與出離；自己的陌生化。

讓自己成爲一個陌生人，讓自己從日日相見的我們的朋友、天天照面的同事中間消失。因爲天天見面他們已經對我們的存在習以爲常，他們已經意識不到我們的存在，然而現在我們從他們身邊抽身離去，我們從他們的視野中消失了：這時我們的朋友開始思念我們，他們突然意識到我們存在的意義，我們變得重要起來。因爲我們的突然缺席，因爲我們的不在場，我們的朋友反而感到了我們的在場，我們成了他們中間不在場的在場者，我們的朋友不再把我們看成是那個天天出現的毫無新意的人，他們開始回憶我們在場的情景，開始想像我們在遠方有一次美麗的戀情，一個浪漫的故事，在遠方的我們被我們的朋友思念著（一次異地之旅就這樣使我們成了一個重要的人，彷彿成了世界的中心）、想像著，我們一下子成了這個世界上最浪漫的人，成了世界上最被人羨慕的人，我們的朋友一遍又一遍地在辦公室裡談論我們，我們的故事像玫瑰花一樣開滿了辦公室，甚至開到了朋友的夢裡。

九一年的時候，我到處跑，試圖把整個中國跑遍，然後就絕望地回家，在家鄉終老，那個時候我想大學畢業對我來說就意味著人生的結束，我又回到了當初的起點上，再怎麼樣我都無法反對這個命運，一九九一年的時候我試圖將我的一生，一生中對遠方的渴望都用完。

一九九一年的時候，我是懷著怎樣的心情在大地上行走啊！直到現在有些地方我都不敢再去，我害怕當時的感覺，害怕那種一去不回的衝動再次擊中我。那時候我想再也用不著回去了，就這樣一路走下去，直到再也走不動爲止。

有一天，我們每個人都會得到一張自由的通行證，它讓我們在大地上自由地來去，像我們的祖先一樣可以在大地上任意地遷徙，去尋找自己的夢想之地。

17 我的標誌

得感謝那些聰明的人，他們發明了身分證、工作證，
這樣我們的身分便一覽無餘了，這樣我就對自己放心了，
我的妻子不會開錯門，將其他人迎回家，我的兒子也不會喊錯別人爲爸爸了。

如今的人沒有身分證幾乎是不可想像的，如今的人沒有戶口名簿也是不可想像的，如今的人沒有工作證更是不可想像。我們需要標誌。當我在生產流水線上（一所學校的教室）機械地忙碌了一天，我坐著電車回家，在傍晚昏暗的光線中我的妻子如何認定我就是那個每月向她交工資，每天起來送孩子上班的人？我的身體是那樣毫無個性，一米七的個子，有些清瘦（那是小時候營養不良造成的），但是這樣的身材在我的同齡人一抓一大把；我的技術？我是一個流水線上的工人，是製造生產工具的工人，雖然我的職業是教師，我所能做的其他人都能做——將一個個自動來到你眼前的學生培養成鐵鍋生產者、痰盂買賣員、

樹木修剪工、人類繁育者、垃圾製造者等等；我的個性呢？我不知道個性爲何物，我不鍛鍊，任何體育活動我都不擅長，我只會讀書，但是讀得很少，我一到家就累極了，我唯一想的就是睡覺，因而我也沒有任何業餘愛好；那麼，我們（我和我的妻子）之間是不是會有一些暗號，不，沒有，本來應該有一些的，比如我們的結婚紀念日，兒子的生日，可是因爲勞累我連自己的生日都忘記了，所以我講不出任何暗號。我的妻子憑什麼認定我就是她的丈夫呢？她需要我的身分證，我必須每天都把我的身分證帶在身上，在進門的時候向她出示。

同樣的理由，我必須帶我的教師工作證，我們那個勞動力製造工廠太大了，它有成千上萬的人，即使是在一個教室內我們也互不相識：我們各自處於流水線的不同部位，我們不允許相互串崗，一進教室我們就坐到我們自己的方位，例如我的位置，固定在一塊大的黑色的板的後面，前面是一只半米見方的黑色的桌子，如果我想起來走動，我只能在這之間來回徘徊，走到其他地方去，或者我坐到桌子上去都是不允許的，我在那個位置上待著一直到下班。

下班我們就匆匆地回家，因爲在路上我們還要接我們的孩子，還要到菜場買菜，還要到電車公司購買月票，還要到學校開家長會，還要到我們的父母家看望他們，還要收晾在陽臺上的衣服……這樣我們雖說在一個單位工作，可是見面的機會是絕少的，我們幾乎不相識，至於那個看門的老頭，他戴著老花眼鏡，對於我們這些毫無個性的人——我們不留長髮，不戴眼鏡，不會唱歌，不穿任何出格衣物，他憑什麼認得出我們呢？他必須看我們的工作證，他把我們的工作證拿在離他一米遠的地方，左看右瞧，對照我們的照片研究了又研究，最終又讓我們報出自己的工號，這才確定我們就是那個工號上的人，這樣我們才算是進了「工廠」。

得感謝那些聰明的人，他們發明了身分證、工作證，這樣我們的身分便一覽無餘了，這樣我就對自己放心了，我不會被認作張三李四等其他人了，我的妻子不會開錯門，將其他人迎回家，我的兒子也不會喊錯別人爲爸爸了。因爲有了工作證，我們單位的會計師就不會將我的工資給錯其他人了，他對照我的工作證，然後將我的工資發給我，這樣我就可以拿著工資回家。這是我對於家的意義，我的妻子因此而需要我，我的兒子也因此而需要我，有人需要我，我該感到多麼地充實啊。

然而身分證和工作證還不是我最感激的，我最感激的是戶口名簿。儘管戶口名簿在我們家已經許久沒有拿出來用過了，但是它對於我的意義是多麼地重大啊。因爲戶口名簿，我來到了在這個城市裡，成了一個城市公民，沒有戶口名簿的話，我有什麼理由是一個城市居民呢？我爲什麼不是一個農民，當我還是一個胚胎的時候，我就酷愛山川河流，熱愛自然，我就喜歡聽牛羊的叫聲，我願意我懷孕的母親在散發著芳香的土地上行走而不是在水泥馬路上散步，要是由著我的性子，我會一直是個農民，而事實上我是多麼感激戶口名簿啊，因爲它我終於吃上了商品糧，望著戶口名簿給我帶來的白花花的大米我的幸福感油然而生。也因爲它我得以進入這家「工廠」，我成了一個光榮的以教育爲職業的「工人」，我不費吹灰之力就能夠養家糊口了，看一看我們隔壁的小三吧，就因爲他沒有戶口名簿（他的母親是他的父親在農村下放時娶的農村人），他成了一個小商販，他在街頭東躲西藏地販賣蔬菜、錄影帶、二手服裝、年曆片、垃圾筒，甚至我還見到他在天橋下擺攤擦皮鞋，他滿臉灰塵地呆坐在天橋的陰影中，失神的眼睛大大地望著天橋下走過的人群，他的眼神充滿乞憐，他將每一個過路的人都視作他潛在的顧客了，而我這時正從他的眼前走過，我穿著西裝，我拎著一塵不染的帆布包，帆布包裡是我的新婚妻子爲我準備的紅燒雞腿以及醬油黃瓜——從他乞憐的目光中走過我的戶口名簿給我帶來的幸福感使我戰慄不止，要知道小時候小三的體力是多麼的強壯啊，比力氣我根本不是他的對手，要知道小時候小三是多麼聰明啊，我的父親經常說「你要有小三一半的聰明就好了」。

當然現在小三發了，他有錢了，可是這又有什麼用呢？他的老婆也是沒有戶口名簿的，他的兒子也是沒有戶口名簿的，他的兒子依然進不了學校。現在小三買了一套房子，他的那套房子在偏僻的西郊，還要三千元一平方米，而我的房子呢？在市中心，我只是帶上了我的戶口名簿，我就以二千元一平方米的價格買下來了。如今我的兒子在市裡最好的小學上學，我的房子是九十平方米，我的老婆長得又白又胖，這些都很滿意。我怎能不感激戶口名簿呢？

我的一切都是我的戶口名簿給我帶來的，因爲有了戶口名簿，我不用（也不必、不能）再選擇我的身分證、我的工作證了，我的戶口名簿像一個上帝，它將這一切都爲我安排好了，它殷勤地爲我提供了一切，儘管我失去了一點小小的自由，比如從一個地方遷徙到另一個地方，比如選擇職業（也許我可以不做教師，而做一個理髮師、郵遞員）……但是這些小小的自由對於我這樣的人來說又有什麼意義呢？已經有人爲我安排好了我爲什麼還要選擇的自由呢？自由使我心慌，我怕的就是可能性，如果我的生命有多種可能性，我一定因爲不能選擇而一事無成，現在一切都被別人安排好了，因而我成了一個「工人」，我是一個本分的「工人」，這難道不是一件成功的事嗎？

感謝身分證、工作證、戶口名簿，它們給了我一個身分，使我感到踏實。我不能想像哪一天沒有了它們我會是什麼樣子。它們是我的身分，我不能失去身分。它們是我的存在，就是我，我不能失去我。現在我要好好地將它們收藏起來，將它們放在我家的大衣櫃裡的夾層裡，我不能讓任何人拿走它。

戶口制度是計畫經濟時代的產物。計畫經濟之下，社會爲了降低勞動力成本，將勞動力組織成一個個固定集體，使他們與特定的生產單位（企業單位、農村公社）形成凝固的人生依附。這種情形之下，公民，首先是作爲勞動力進入管理者的計畫視野，勞動力則被看成是一種國家公有的生產資源，由國家按計畫統一配置，公民個人無權選擇自己的職業（一顆紅心，服從分配），也無權選擇自己的居住地（一旦你被生下來，你就被納入了計畫管理的體系，就不能在計畫外隨意遷徙）。現在，經濟條件變化了，市場經濟的發展，對傳統戶口制度提出了挑戰。例如三資企業吸引人才的問題，改革開放初期，廣東吸引了內地的大量人才，就是在「不要戶口」這個前提下實現的；八〇年代末、九〇年代初一度流行的大學生「三證報道」也是如此。這是因爲市場經濟的發展呼喚眞正公平的按照市場原則進行操作的勞動力市場。

市場經濟要求的是公平競爭的環境。但是只要戶口制度的存在，企業對勞動力的選擇就不可能是自由的和公平的。事實上，現在的情況是一方面我們建立了勞動力市場，但是另一方面，我們又在毀棄這個勞動力市場——因爲我們的勞動力市場是封閉的，絕大多數情況之下，所謂勞動力市場都只是針對各個城市具有本地城鎭戶口的居民的，對外，尤其是對更爲廣大的農村勞動力是封閉的。這樣我們就會看到許多擁有城市戶口的居民對工作挑挑揀揀，他們寧可失業，在家領取救濟金，也不願做髒、苦以及所謂的賤活，例如北京市曾對失業者提出一項只要自己創業就可以享受數萬元補助的計畫，但是幾乎沒有人願意冒失去國家安排的危險到市場上自謀生路。

這對於更爲廣大的農村勞動力來說是極爲不公平的，他們失去了享受社會主義市場經濟的發展給他們帶來的公平就業的機會，也就同時幾乎失去了一大半公平地享受社會主義改革開放成果的機會。而這種戶口制度上的不平等往往演化爲實際上的經濟收入和勞動條件的不平等。如北京某大學後勤部門正式工作人員人滿爲患，達到數千人，但是他們依然必須雇傭數百人的農村勞動力來負責打掃衛生，原因是這些活正式員工不願意做，而一個農村雇傭工的勞動力成本只有一個正式工的十分之一，在這個大學的後勤部門，一個正式工的月實際收入近二千元（還不含住房、醫療等其他待遇），而一個農村雇傭工的收入只有二百元——儘管他的勞動強度通常要比正式工強得多。

以上分析可知，戶口制度的存在實際上帶來了農村與城市勞動力在勞動力市場上的不平等競爭，一方面保護了城市居民中的低素質勞動者，另一方面對農村勞動力而言則構成了無法逾越的等級制，實際上是使他們受到了經濟剝削。更嚴重的是人爲地提高了企業、事業單位的用人成本，因而也削弱了企業在世界市場上的競爭力。

嚴格的戶口制度，層層審批，嚴格把關，人爲地提高了人口遷徙的成本，造成人口流動的極端凝滯。人口的極端凝滯，也帶來了我們這個社會的極端凝滯。

如果說，瓦特之前的時代，人類的生存活動半徑主要受制於交通工具，那麼汽車、火車、飛機的時代這種限制已經可以忽略一些了。但是，在中國我們卻依然在嚴格的限制中，因爲戶口。一個人口流動凝滯的社會，人們活動的空間（尤其是農村社區）極端的狹小，人們的視野受到極大的限制，交際圈封閉，生活閉塞，人們終年生活在熟人、熟物之中，封閉的生活產生了惰性：因循守舊，老人統治、道德主義、人情社會。

因爲遷徙困難，遠距離工作、發展，異地謀生障礙重重，人們被迫生活在一個狹窄的生活圈中，這進而迫使各個生活區間都發展出自己的全套的娛樂、交際活動——進而人們被這些活動所主宰，以爲這就是生活的全部，由於目光狹窄（生活範圍狹窄的結果）人們對外界的興趣也狹窄化了，自我意識變得模糊，生活在封閉圈子裡（一個沒有陌生人、陌生事，一天一天沒有任何新鮮色彩）的人總是缺乏眞實的自我體驗。首先是缺乏相異之人的對照（周圍都是熟人，相互間缺乏對比——熟人在這裡意味著遵守相同的生活風俗、習慣、方式），沒有異己事物的激發，沒有新鮮事物的激勵，人們無法發現自身中的創造性（個性力量），尋求個人感的衝動被壓抑了，熟人社會是重人情、重歸屬感的群體式社會，人與人之間的「脈脈溫情」（至少表面上是這樣）代替了競爭，守舊代替了創新，從眾代替了獨特。

在這種封閉的生活處境中，因爲無法逃離那裡，一個小小的過失都將是致命的。因爲那些看過你犯那個錯誤的眼睛將永遠盯著你，你無法擺脫他們，在這種情況下道德觀之所以成爲令人壓抑的威脅，是因爲到處都是熟人的眼光。冒險被禁止，任何逾越常規的企圖都被扼殺在搖籃裡。「熟人」組成的社會圈子，四處都充斥著叫作世交、老朋友、親戚……的人，人們辦事首先想到的是請親友幫忙，人情成了辦事的通行證，成了辦事的前提，社會中各項事物的法則都歸結爲人情交換法則，沒有人情你就四處難行——這從另一方面又強化了封閉性（外人難以進入這樣的圈子就是因爲他總是因缺乏人情關係而被拒絕），人們辦事不是靠個人奮鬥，發展個人的能力以及與眾不同的獨立個性在公平的公開的競爭中爭取到待遇、機會、成功，而首先想到的是人情，找熟人，找依附，通關係，走後門成爲這種封閉型社會的典型特徵，看一看，封閉型生活圈子人們之間打招呼，人們回答「你是誰？」這樣的提問，首先想到的是「我是某某家的」「我是某某的兒子（侄子等等）」而不是「我就是我自己」。這一切都和人們的日常活動半徑有關。

眞正地具有大發展潛力的社會一定是一個人口流動的動機強烈，人口流動的成本極低的開放的、流動的社會。開放的、移民的社會，「外地人」的概念消失了，它不再附帶任何排斥、蔑視色彩，大的活動半徑使「地」的概念打破了，社會的整體性增強，人們平等共用社會機遇，社會心理也將趨於平衡。

戶口制度的存在還不利於廉政。因爲戶口管理層面多，手續繁雜，一個人要想調一個戶口，他就必須付出極大的代價，包括生理上、心理上以及金錢上的代價。而農村往城市遷徙、小城市向大城市遷徙，西部城市向東部城市的遷徙其指標總是不夠用，這個時候，就會出現各種各樣的暗箱交易，許多人不得不採取請客送禮賄賂甚至獻身的手段。

看到《中國國情國力》九九年第一期上仲大軍的文章，文章認爲戶口制度的存在，限制了農村人口的城市化，也限制了城市生活對生育制約作用的發揮，其結果是三十年間多生了一億人口。除了多生人口，更使中國的工業發展出現了布局上的扭曲，從經濟效益看，集中的區域性的工業生產比分散的遠距離的工業生產更有規模效益。但是由於戶口制度的存在，農民不能進城，造成鄉鎮企業遍地開花，分散的結果是佔用更多的耕地、破壞環境、效益低下。這個論斷我以爲是站得住腳的。

從長遠來看，遷徙自由是一個國家之居民的基本自由，一個更合理、更人道的社會必然要對居民的自由擇業和遷徙予以保障。保障居民的遷徙自由其實也就保障了社會的流動，一個流動的開放的社會才會具有發展的活力。這是世界性的潮流。因而構建一個更合理的社會，我們的戶口制度就必須予以改革，應逐步改革戶口管理制度，放鬆戶口限制，建立符合市場經濟形式，合乎世界戶籍管理趨勢的現代戶籍管理制度。

18 我為什麼痛恨

我不痛恨貪官，相反我痛恨清官，
我知道貪官是有人性的，他有具體的可感的欲望，
這就差不多接近是一個人了。

「這是規定」這句話在我們的社會生活中極爲平常，似乎毫不起眼，但是實際上它卻是我們這個社會公共生活的標誌性語言，它隱含了某些非常隱祕的社會生活資訊。正如常識告訴我們的，規定的制定在大多數時候是爲了平衡社會行爲，規範人的行動，這一切的目的其實是爲了使人民更好地從彼此協作中獲利。但是規定又常常會異化成爲它的對立面，成爲主宰人的力量，導致一些人有權利制定，而另一些人有義務遵守，從而使原先作爲平等主體的人與人之間的關係變成主宰和被主宰的不平等關係。

在人們的行爲不是由「法定」而是由「規定」的社會裡，人們必然會遇到諸多問題。

一個合理的規定常常因為缺乏執行監督，在執掌者私欲的過濾下變得不合理，而一個不合理的規定，雖然大多數人都能意識到它不合理，但是大多數人又常常對這不合理保持緘默。這樣從結果上看不合理的規定會越來越多，而合理的規定會越來越少。

任何一項規定它都在本質上都是一種利益劃分。對一部分人利益的箝制，同時也就意味著對另一部分人利益的保護。任何一項規定，哪怕是非常地不合理，它總是與生俱來地帶來了它的得利者。這些得利者就成了這項規定的保護人，他們自覺都保護這項規定的生命，使它永遠地存在下去就是保護自己的利益，因而在利益的驅動下，這部分人會使出渾身解數來維護它的生存，即使他們知道這對於另一部分人意味著不公。

這就是為什麼，一項不公的規定，一旦它得到了執行，就會得到生命，就會自我保全。因為一旦改革，就要觸動既得利益者的利益，而這時既得利益者往往因為他們已經獲得了較多的利益，因而在力量上處於上風——他們擁有更多的發言的機會和保護自己既得利益的力量，因而當他們反對改變這一規定時，他們常常比那些支援改變這一規定的人居於更有力量的地位。這樣常常是不公平的規定傷害了大多數人的利益，但是這個「大多數」卻沒有力量推動這一規定的改變，而這一規定保護了少數人的利益，但是這少數人卻有力量將這一規定延續下去。這就是規定的自我保護機制。

規定的執行人其實是規定的最大得利者。執行人的存在成了規定永遠存在的最堅定的保護者，即使是這項規定已經徹底地失去了它存在的價值，只要這些執行人還存在著，那麼它就要一天天存在下去，因爲執行人不能放棄執行這項規定所帶來的權利以及相關利益。這個時候實際上規定已經從由人制定，爲人服務，而轉變爲高高在上，主宰人了。

這就是我們常常聽到「這是規定，沒辦法」等類似說詞的緣故。規定在獲得了自己的生命以後，它已經不再是人的附屬，而是人的主宰，它從人的生產物變成了人的上帝，彷彿它來自某個神，而不是來自人，它的合法性不再由人質疑。

規定需要執行人。最初的時候，執行人是因爲外力的委派或者甚至是利益被限制者自願選舉產生的。但是一旦執行者產生並且開始執行規定，它們馬上就會成爲這個規定的第一批最大得利者，權利給他們帶來利益，這是規定執行過程中的權與利的轉化法則。

在規定關係中，只有「被規定的」才是「允許的」，因而只要涉及到這方面的行爲，一切都成了限制型物件，因而也就成了執行人執行權利的物件，也成了他的權利範圍。而與之不相稱的是，人們對執行人行爲常常缺乏監督，執行行爲缺乏制約。

當你尋找到一個規定的執行者，你想通過他辦一件事的時候，他如果說「這是規定」，這在大多數情形下意味著他不會給你好好辦，但是你千萬不要去和他討論什麼規定是否合理一類的問題，因爲他的潛臺詞是，規定是不容質疑的，更重要的是即使規定允許質疑，也不是允許你這樣的被規定的人來質疑。他說這樣的話的意思其實是，規定「規定」了我有權利來主宰你，你必須無條件地服從我的權威。

其實，對於一項不合理的規定的維護有的時候不僅僅是出於得利者，「這就是規定」還會出自那些被損害利益的人嘴，這實在讓人感到吃驚，「規定」到此一地步，它已經不僅僅得到了得利者的維護，還得到了被侵犯者的維護。爲什麼？一、對於喪失更大利益的恐懼。害怕因爲違反規定而受到懲罰。二、人們想通過對執行者的權利進行尋租而將規定的執行變得對自己有利。人們非常清楚，要改變「規定」本身，任何個人都是做不到的，即使能做到也要付出極爲慘重的代價，例如對於一個單位的公車用車制度，這個單位的任何一個個人都是難以改變的，但是他只要給駕駛員一條菸、一瓶酒，就大多可以無條件地用公車了。這樣，從結果上看這些利益受害者似乎正在保護規定，而不是破壞規定。

爲什麼絕大多數人會對不合理的規定，甚至面對某些執行人利用規定對他敲詐而採取緘默的態度？他不是對規定本身發出不滿，不是要求改變規定，而是服從了規定，或者通過各種各樣的手段尋求規定的變通執行？因爲個人根本無法改變規定。

請原諒我對規定的這種窺探，我知道在規定的內部它本質的虛弱，然而我並不能將它完全揭示出來，這不是我的責任。如果有一個機會，讓我選擇是痛恨執掌規定的人還是痛恨規定本身，是對規定本身提出質疑還是對執掌規定的人進行賄賂，是選擇向規定挑戰還是向規定妥協，我一定會選擇前者。但是，我分明已經疲倦到了極限，當我來到我現在靜靜地坐著的地方，我已經消耗了我所有的精力和勇氣。有的時候，我分明贊成劉心武的觀點，我希望我遇到的都是這樣的執掌者，他明白告訴我，我必須付出什麼代價才能和他達成協定，我願意將我所有可能的代價都支付出來，而他也請告訴我，明確地告訴我當如何和他完成交易——我認爲中國的交易沒有什麼是不公平的。我不痛恨貪官，相反我痛恨清官，我知道貪官是有人性的，他有具體的可感的欲望，這就差不多接近是一個人了，而所謂的清官他們身上幾乎已經沒有什麼人性了，金錢、榮譽、食色這些人類快感的滿足方式已經不能使他們獲得快感，他們的快感就如我在〈邪與惡〉一節中分析過的那樣僅僅來自無謂的施虐。這樣的人難道不是更可怕嗎？魯迅非常害怕他的父親做孝子，中國的孝子據說爲了孝敬父母是會殺了他自己的兒子來給父母吃的，我則非常害怕清官，中國的清官是會吸了他子民的血來給上司做盛宴的。貪官則常常會網開一面，有的時候爲了一點兒金錢，一點兒食色他會偶爾糊弄一下上司。這樣看貪官其實更愛他的子民，就近乎是有神的因素在了，就可感激了。

中國是一個巫術盛行的國度。我親眼見到一個朋友爲了賄賂一個醫院院長，把自己灌得吐血——這是一種多爲殘忍的巫術。原始人因爲覺得自然無比強大，自己無法通過實踐手段來征服自然，就採取巫術的手段，試圖過巫術來感化、恐嚇物件，進而得到物件的讓步和認可。現代中國人也還停留在這個階段。例如我的那個做藥品推銷的朋友，他的藥再好，價格再低，醫院就是不要。他根本就沒用通過正當競爭進入醫院的可能，他有什麼辦法呢？他唯一的辦法就是巫術，有的時候是各式禮品，有的時候是飲酒作樂，有的時候是女人。我說他不是什麼藥品商人，而是大巫師。我的朋友，竟然是個無所不能的大巫師。這是多麼荒唐的一件事情啊。

19 噩夢

「如果給你一把槍，你把子彈射向誰？」
我想最好的回答是將子彈射向自己。

我在長長的走廊上飛跑，到處尋找教室，鈴聲在走廊的盡頭，在我的頭頂，在整個教學樓響著，一遍又一遍地響著，近處是我的腳步聲，遠處也是我的腳步聲，有人從門後探出頭來，倏的又縮了回去。考試開始了，但是，我找不到我的考場。我在考場外四處轉悠，這個時候有一個人將我拉到一個房間裡，房間裡漆黑的，什麼人也沒有，一會兒我似乎開始做試卷了，但是我寫出來的卻不是字。而是一些彎曲的線條。

終於，我覺得我開始做題目了，其中有一條是這樣的：「如果給你一把槍，你把子彈射向誰？」我想最好的回答是將子彈射向自己，於是我提起筆準備寫「我要把子彈射向自己」，也正是這個時候鈴聲又響起來了，來收試卷了，但我還是拚命地寫，拚命地寫。

——一個聲音高叫著：「還不放下你的筆！如果考官叫你們死，你們一個也別想活著出去。」

漁網從我的頭頂鋪天蓋地地罩了下來，我被網在裡面了，無法脫身。我從水池的一角游到另一角，我還看到了一條蛇，它在我的身邊緩緩地游動著，我大聲地呼救，用手撕扯著漁網，但是漁網，鋪天蓋地的漁網攥緊了我，水從我的胸下面漲了上來。

岸上有人在說話，我大聲喊道：「救救我！救救我！」我游到西邊的缺口試圖從那裡爬上去，但是，那裡突然出現了一個帶大蓋帽的人，他用腳踹我的手，一邊踹一邊吼：「你從我這兒出來，不是害我嗎？你想謀害我？你想謀害我？」

後來我又游到了南面，那裡有一條水渠，我想從水渠裡潛出去，但是，我卻一頭扎進了網裡，有人隔著網捅我，許多人喊著：「抓到了！抓到了！快去分！快去分！」

我醒了過來，她父親站在我的面前，房間裡的燈亮了，我感到衣服上濕糊糊的，臉上掛著汗珠，更讓我吃驚的是我頭頂的帳子破了一個大洞，我把帳子給撕破了。

第二天，他們勸我回老家。於是，我打點行裝，回家了。然而，即使是回家了，我依然感到這是在夢中。從此我再也無法區分什麼是夢，什麼是眞實了。

我正在逃亡，一路飛跑，但就是跑不向前。遠遠地看到一根紅色的繩子，高高地在空中飛，又好像是蝴蝶，我想我可以利用繩子的飄蕩，來將自己也變成一隻蝴蝶，於是我跑過去，抓住了繩子。可是等到我眞的抓住了繩子的時候，我發現我抓住的只是某個人的衣角，是某某，他突然地回過頭來，說：我終於抓住你了。不過，我並沒有看到他的臉，我想他已經死了很多年了，爲什麼會在這裡，仔細一看，果然，他沒有臉，聲音是從一隻黑色的帽子底下發出來的，帽子的邊沿上有骷髏骨。

我唬得一鬆手，就從高高的懸崖上掉了下來。但是，我掉得不快，而是像風箏一樣在飛，當我掉到地上的時候，好像有人在安慰我：「不用怕，這是夢。」

但，我還是逃，玉米地裡有很多人，他們看到我在逃，有的在除草，這個時候，某老師走過來說：「你可以通過吃東西來擺脫他。」她說著從腰裡拔出一根木頭，我拿在手裡，咬了一下，才發現是一根棒式麵包，裡面全是沙石子。

立刻，我的牙齒一個個往下掉了起來。

她笑得嘿嘿地，她說你看你就是這樣沒用，別人給你什麼你就是什麼，現在你也是一根棒式麵包了。接著他從她體中走了出來，我這才發現，她是由他扮演的。

這個時候，一個聲音繼續安慰我：「別怕，這只是在夢裡，只要你醒來，他們就不能傷害你了。」

於是我醒來了，我看到床前衣架上掛的西裝，心中的恐懼無法形容，感到那是一個什麼人站在我的床前，但是當我鼓起勇氣打開燈，看到那只是我的西裝，恐懼感就消失了。是啊，只要我們醒來，我們的恐懼感就會消失，我對自己說。我從枕頭底下拿出渡邊淳一的一本小說，看了起來。

噩夢不會來光顧一個醒著的人的。

上大學的時候，只要我在家裡過暑假就會做噩夢，尤其是在接近新學期開學的時候，噩夢的內容千篇一律，大致是我們班的輔導員找我談話，談話的內容是他不讓我做班長了，我變成了一介平民。每逢這個時候我就會感到非常焦慮，有的時候我會急匆匆地提前趕回學校，找輔導員談話，談新學期的工作設想，只有輔導員認可了，我才覺得心裡踏實一些，噩夢才會停止。

但是，有的時候，即使是新學期開始了，噩夢依然不會終止。如果新學期開始很長時間，輔導員都沒有找我談話，也沒有要我的班級工作計畫，他只是布置一些瑣事讓我做，這個時候，我常常就會忐忑不安，我在想會不會輔導員在想班級幹部換屆的事情呢？說不定他已經對我厭倦了，他不希望我來任班幹部了。

實際上，這種不安全感時刻都在折磨著我，讓我不得安寧，以致後來我甚至都不知道到底我是不是班長了，有一段時間，輔導員經常讓另一個人帶話給我，或者班上的有些事情他就讓隨便找到的什麼人就順帶做了，那個時候我就有一種強烈的恐慌感，我想我是不是已經被輔導員拋棄了呢？

畢業以後，有個時期，我的回憶變得非常模糊，已經到了分不清噩夢和眞實的界限的地步。我覺得我實際上在畢業之前很長一段時間已經不是班長了。當然，這是我當初夢中的內容，但是，我又覺得這也是事實上發生過的。

那個時候，我從大學畢業回到江北的一個小鎭上做教師，在那裡我變得一文不値，於是對自己過去的歷史也開始懷疑起來，一方面我常常要從對大學時代的回憶中獲得自我認可，自我陶醉，也逃避現實，另一方面，我又常常懷疑回憶的眞實性。似乎，我對自己班長生涯的回憶也是假的了。

事實上，那個時候，我已經分不清我到底有沒有將班長這個活做到最後。

後來，我是從一系列客觀跡象中分析得知我那個時候的確是將班長做到畢業的。例如，有幾位同學給我寫信依然稱呼我爲「班長」。這是一個有力的證據。又比如，輔導員一直在關心著我的前途，他將我的檔案壓在學校沒有發出來，他是希望我能找到更好的地方安頓自己，他希望將檔案寄到一個更滿意的地方去。如果我畢業的時候已經不是班長了，就說明我和輔導員之間的關係破裂了，他就不會那樣關心我了。事實是直到我重新回到大學，在那裡做研究生的時候，輔導員依然非常關心我，甚至不僅僅是他本人，還包括師母都非常關心我。

然而，關於卸任的夢是我有生以來最嚴重的噩夢之一，後來，我一直對做「官」（雖然我一直沒有做什麼官）感到恐懼，我在那個中學工作的時候就無法在校長辦公室待住，失寵的恐懼使我對邀寵也充滿了恐懼，我會失寵的，遲早要失寵不如不邀寵，做個百姓更自在。

——有一種噩夢，只有平民百姓是不會有的，那就是失寵的夢。從來沒有受寵的人怎麼會失寵呢？

20 他們像鴕鳥

如果知識分子不批判世界，不做殉道者，那他還做什麼呢？

一個朋友說我的悲憤是「斷裂一代」的「悲憤」，是典型的六〇年代人的情感。是不是說某種性質的悲憤在斷裂一代是統一的？是不是說悲憤是六〇年代人才有的情感，早先的人因爲理想主義教育沒有這種情感，而此後的人因爲是市場經濟大潮中成長起來的他們不屑於這種情感？到底斷裂一代的悲憤是什麼樣的呢？對道德虛僞的無情的憤怒，對政治流氓的痛恨，對自己的失望甚至絕望，對世界的徹底的不信任，我們無法在這個世界安身，這是怎麼了？

上一代，那些經歷了文革的人，他們對於道德的虛僞已經習以爲常，例如錢鍾書那些人，他們在文革中學會了做縮頭烏龜，他們像鴕鳥一樣地活著，開始的時候這是被迫的，後來見怪不怪，習慣成自然，也就變成了他們的生活本能，以致於當他們眞的聽到了一兩聲眞話就會毫無原由地恐懼，那是一代以瞎話、假話、空話當眞話的人，他們已經失去了聽眞話的能力，看起來，誰說眞話他們就群起而攻擊之，直到置之死地。他們還塑造了一系列畸形的神，這些神成了他們的人格的最好的保護傘，所以他們不允許別人摧毀這些神，他們寄生在這些神裡，這些神成了他們的生活的一部分，甚至成了他們的精神以及物質生活的來源。

斷裂一代呢？韓東、朱文進行了一項調查，調查的結果在幾家報刊以「斷裂」爲題發表之後引起了較大的反響，這個時代在文學上的「斷裂」以一種更爲顯眼的方式展現在人們的眼前，例如幾乎百分之百的接受調查者都認爲中國沒有對他們構成根本性影響的作家，對此人們眾說紛紜。其實「斷裂」只是一種姿態，但是，僅僅是這樣一種姿態，卻又是非常重要的。思想的發展就像樹必須生長在大地上不能和大地分離一樣不能和它的傳統分離，但是正如樹上結出來的果實絕對不可能也不應該是泥土一樣，文學發展必然要經受分離裂變的過程。魯迅是偉大的，但是如果沒有斷裂，當代作家全部是以魯迅爲摹本的仿製品，刊物上發的都是小魯迅的文章，如果沒有斷裂，作家們的寫作都是《林家鋪子》、《春蠶》，那我們這個文壇該是什麼樣呢？那時我們對作家的最高評價只能是「某某最像魯迅」或者「某某最忠於茅盾」，這樣的文學界也太可怕了。說到「斷裂」，其實魯迅就是「斷裂」大師，想一想在中國文學史上誰能在這方面和魯迅比？誰能做出比扭斷中國幾千年文言文寫作傳統改用白話文寫作更有斷裂意味的事來？魯迅在今天之所以值得我們如此另眼相看就是因爲他「斷裂」做得好，他不僅在語言上「斷裂」，而且在文體上也「斷裂」，更在思想上「斷裂」，魯迅是斷裂到家的。茅盾也是如此，他一九二一年寫〈中國文學不發達的原因〉就是一篇在文學觀念上和傳統的「文以載道」思想斷裂的宣言，後來他還寫了〈「大轉變時期」何時來呢〉支援「革命的文學」。所以學他們也要學他們的「斷裂」精神。

斷裂是一次笑劇，它草草地開場，最後也草草地收場。許多斷裂行動的參加者被說成是小丑。——這個時代的人們已經喪失了用自己的眞誠來理解一種革命性行動的能力，已經喪失了獻身於偉大的事業，爲崇高的理想而犧牲的激情，他們自己沒有這種激情這是悲劇，而更大的悲劇是他們連理解這種激情的能力也喪失了。

這個時代的問題是缺乏信念，這個時代也因此更需要眞正的知識分子。如果知識分子不批判世界，不做殉道者，那他還做什麼呢？當世界的發展離開了你認定的範疇，到底是像蘇格拉底那樣說「我選擇死，你們去活吧，哪一個更好，只有神知道」，還是選擇像錢鍾書這樣妥協、屈從、媚俗？我一直堅持一個觀點就是知識分子應該是這個世界上更有殉道精神的人，在宗教裡，這種人叫「聖徒」，知識分子就是現代世俗社會的「聖徒」？知識分子不應該承擔正面的責任，他的職責是且僅僅是否定，他舉起手對一切不公和不義說「不」；這個任務是相當嚴重的，因爲它常常必須面對各種各樣的危險。知識分子在承擔反面功能時，面對他所認定的不公應該勇敢地站出來講話，需要獻出生命的，不爲吝惜自己的生命而怯懦。一次我和朋友張閎講到這一點的時候，他立即反駁我說：「知識分子當然應該這樣做，這樣做了也沒有什麼了不起。在這樣做的時候，他其實是以一個公民的身分在做。這是一種普遍的公民道德，不是知識分子的特權」。的確，知識分子並沒有獻身的特權，但是他卻有獻身的義務，知識分子應該有可能對人性的弱點提出批判，否則無以區分自己的身分。如果在一個壓迫的時代，自己成爲一個壓迫者或者被壓迫者，你如何讓大眾知道你是一個知識分子，錢鍾書、巴金恰恰是在文革中忘記了自己是一個知識分子。普通人可以保持沉默，但知識分子不能，知識分子是一個社會的喉舌，在任何一個時代，知識分子都是說話的角色。

在《南方周末》上看到湖北監利縣鄉黨委書記李昌平給國務院寫信的報導，心中有這樣的語句：「我經常碰到老人拉著我的手痛哭流淚盼早死，小孩跪到我面前要上學的悲傷場面……我要對您說的是：現在農民眞苦、農村眞窮、農業眞危險！」這封寫於二〇〇〇年二月十日，李昌平，今年三十七歲，碩士。李昌平寫到：「開春以來，我們這兒的農民快跑光了。連續二十多天來，『東風』大卡車（坐不起客車）沒日沒夜的滿載著『外出打工』的農民奔向祖國四面八方的城市。我們鄉有四萬人，其中勞力一萬八千人。現在外出二萬五千人，其中勞力一萬五千人。今年人員外流和往年比有新的特點：一是盲流。過去一般是有目的流動，今年多數農民是抱著『運氣』和『要死也要死在城市，下輩子不做農民』的一種負氣的心情外出。二是人數多、勞力多。過去外出打工的主要是女孩和部分富餘勞力，現在是男女老少齊外出。三是棄田撂荒的多。過去出門一般都待田轉包出去後再出門，今年根本不打招呼就走人。外出的人數還在上升……」按照李昌平的說法，農民之所以舉家盲流是因為他們在農村的生活已經破產，他們的稅費負擔嚴重地超過了收入能力，我來自農民，至今我的兄弟和父母依然在農村。我也在湖北待過，到過湖北絕大多數的縣，知道一點兒那裡的情況。中國農民，他們的戶口等等，實際上是在為一個國家承擔道德苦難（它是某種道德墮落的最直接的後果，而現在在人們的眼中常常是反過來了，它被看成是某種道德墮落的原因），他們牢牢地綁縛在土地上，低賤地螻蟻般地活著，近百年來一種不平等在他們的身上，不是減輕了。在城市一個不勞動的有勞動能力的人每個月可以無償地得到三百元，上海還要多。而在鄉村一個沒有勞動能力的人（八十歲的老人、傷殘人甚至小孩等等）卻必須為自己活著繳納「罰金」。

每當我看到農民工，他們在城市中踟躕行走，被看成是賤民，被懷疑是偷竊犯，被驅逐，我就感到心痛。但是，也正是這個階級，他們卻沒有自己的代言人，他們是沉默的，中國的知識分子在這方面徹底地喪失了自己的責任感——沒有信念，沒有同情，怯懦和虛僞主宰著他們，他們的自我感覺有時更讓人噁心。他們對農民的處境一無所知，但是卻天生地感到了自己的優越，對農民抱以鄙夷的眼光，他們有什麼理由這樣做？由此我想李昌平實在是非常不容易的，這才是眞正的知識分子。

我始終在想這個社會中應該有這種人，在黑暗中說話，在光明中也說話，否則知識分子何以立足呢？比如說哥白尼完全可以放棄，布魯諾可以放棄。知識分子有時應當用一種極端的方式來說話，用生命、用死亡來說話，這是偉大的。這是我的觀點。但是，當我和我的朋友們討論的時候，他們幾乎無一例外地對此不屑一顧，他們說「任何人這樣做都是偉大的。爲什麼一定要誇張知識分子的偉大性呢？」「在道義上，布魯諾是偉大的，但不能以貶低伽利略爲前提。」在這樣的精神氛圍中「斷裂」行動怎麼會不成爲笑劇？

《作家》二〇〇〇年第八期一篇名叫〈歷史決定論的陰影〉的文章中我看到這樣一段文字：「那麼哈維爾呢，他不是比拒絕簽名的昆德拉和拒絕懺悔的余秋雨高尙得多麼？在某篇文章中，『新青年』余杰以昆德拉和哈維爾爲例，提出一個是否應當在名單上簽名的問題。他的意思似乎是，不簽名就是墮落。今日要求余秋雨懺悔，他的理直氣壯就是他代表『總體眞理』拿著一份名單，要求余秋雨在上面簽名（懺悔）。表面看起來，當年哈維爾是在監獄裡，昆德拉是一個不敢簽名的庸人。但在哈維爾的後面站著一個叫作歷史、眞理、民主、本質和『整體』的龐然大物，站著一個巨大的政治和道德的符號。而在昆德拉的後面只站著他字跡和他的作品。我們最終發現，經過時間的證僞之後，哈維爾成了總統先生，而昆德拉依然是一個——僅僅是一個作家。對我而言，我以爲作家昆德拉的這些話比總統先生當年的簽名更有價値：卡夫卡小說的巨大的社會、政治、『預言』的意義恰恰在於他的『不介入』，即在所有政治綱領、意識形態觀念、未來學派的預言面前保持自己的自主。」這段文字在邏輯上的匪夷所思以及觀念上的無賴、誣賴是我近年看到的無恥文字之最。它指著昆德拉說「這個人是偉人」，然後他告訴讀者「因爲昆德拉自己說他自己是偉人」，不是嗎？昆德拉說「不介入」的小說家才是最偉大的小說家，昆德拉就是不介入的小說家，所以他是最偉大的小說家。它指著哈維爾說「你已經被時間證僞了，你過去所做的一切是僞事，你是欺騙人民的僞君子」，理由是「你當了總統」。這又反過來證明了昆德拉的偉大，當初那個「不敢簽名」，「表面上看起來的庸人」經過時間的證明實際上是一個聖人，那個時候他就知道時間會把哈維爾證僞。

在我看來，昆德拉的觀點（《生命中不能承受之輕》）的可恥的膽怯恰恰已經被哈維爾的當選總統證僞了，時間站在了勇敢者的一邊，而將投降者、怯懦者和（有意識和無意識的）幫兇者的名字刻在了恥辱柱上。我在想余秋雨可能並不可恥，因爲文革中的他非常年輕，可能並不是出於虛僞而選擇了那樣的寫作，而「昆德拉」（或者是昆德拉筆下的主人公）卻是可恥的，因爲他明明知道什麼是眞理，但是出於怯懦放棄了眞理，沙特說過「在專制和黑暗前面不反抗就意味著同謀」，從這個意義上說昆德拉犯了同謀罪，如果說余秋雨是否懺悔只是一個道德問題，那麼「昆德拉」是否悔過就不僅僅如此，他應當受到歷史理性和社會道德的雙重審判。

想到張志新、顧准、遇羅克，這些在文革中因爲反抗而死去的人，如果哈維爾已經被時間證僞，那麼他們理所當然地在那些人的邏輯中也被證僞了。也許，他們的在天之靈當爲有今天這樣的遭遇而長哭不止。的確，我們不能要求那些直接地割斷了他們的喉管，打斷了他們的肋骨的劊子手們爲他們的行爲負責；的確，我們也不能要求那些旁觀者，甚至將觀看殺戮當成娛樂的人爲他們的行爲負責；但是，我們有理由在張志新等無比崇高的靈魂面前窺見自己內心暗藏的小來；進而，我們也有理由要求那些行刑者、觀看者爲此感到痛悔。

這是道德的最低要求，而不是最高要求；它不是什麼偉人的美德，而是普通人都應當的義務；這是對凡人、常人的最低要求，而不是對聖人、偉人的最高要求。

也許上面的理由都是不必說的，我只是想說，在黑暗中說話，在光明中也說話，時刻準備著爲自己的話而坐牢、犧牲對於知識分子來說這是最低要求。時至今日我依然堅持這一點。

從這一點上說「斷裂」一代其實是生不逢時，他們沒有生在譚嗣同、秋瑾的年代，也沒有生在顧准、張志新的年代，這是一個英雄只能被當做小丑來嘲笑，壯舉只能被認作是瘋癲來鄙夷，世人因缺乏英雄和壯舉而委瑣，同時又扼殺英雄和壯舉的時代。

知識分子隱身在大眾之中，隱去了自己的光芒，他們瑟縮地生活著，認同了現狀。我們既不像上一代那樣擁有輝煌的激情歲月以及對苦難的記憶，也不像下一代那樣對商業文化、對功利主義可以毫無障礙地接受。和上一代的理想主義比較我們是斷裂的。同時和下一代的功利主義我們也是有代溝的。這就是斷裂。對於「斷裂一代」我的朋友王宏圖這樣分析道：這一代人大多在六〇年代到七〇年代初期出生，他們中的相當一批人在九〇年代中後期開始登上文化舞臺。他們身上的許多特點與其年齡有著密切的關係。文革後期他們還大多在讀小學，文革的終結使他們所受的中學教育與前一代人相比正規了許多，隨後經過高考有相當一部分人憑能力可以進入大學學習，這種權力正是前一代人在文革中被殘酷地剝奪了的。八〇年代中後期到九〇年代前半期正是他們在大學裡讀書的年代，那個時期可以說是二十世紀的又一次文化復興。伴隨而來的是五四以來的又一次中西文化交流的高潮，還有大家記憶猶新的文化熱和文化反思熱。我們這一代人成長的背景便是整個社會體制的急劇轉型，這點從二十年來的歷史發展軌跡便可看出：八〇年前後消除文革後遺症，八〇年代初啟動的經濟體制改革，八九年的「六四」風波到九〇年代全面向市場經濟轉型。這一系列事件對文革後一代人的精神成長有很深的影響，他們的特點是前一代人不具備的。

我覺得正是這種過於巨大的變遷，使很多人在精神上感到惶惑不安，根本不可能具有堅強的信仰。這世界變得太快。歷史在他們的眼中，成了一幕幕亂哄哄你方唱罷我登場的表演，從中實在難以發現確定的意義。王宏圖說得有道理。而我則想用激情和非激情來概括我們這代人與前一代人（紅衛兵一代）間的差別。比如張承志式的激情主義的人物，我們這一代人中非常少。我們這一代是非激情的一代。找不到那種歌唱鮮血，歌唱鬥爭，歌唱死亡以及犧牲的偉大激情。我常常覺得我自己身上沒有這種東西，雖然一直在尋找，以前我認爲這個是我們這一代的幸運——它象徵著我們這一代的政治理性和自我決斷。但是漸漸地我發現，從另外一方面說，也許它是我們這一代的不幸，沒有爲信念而死的激情，沒有爲理想而鬥爭的勇氣，這無論如何不能說是一種幸運。

過去我認爲感性主義、人本主義是我們這一代人的標誌，它們意味著反抗。但現在我發現這種個性主義、感性主義也可以被理解是妥協的標誌。新生代作家大多是六十年代後期出生的，他們傾向於感性主義的人性理解，這也催生了波瀾壯闊的現代主義啓蒙運動。八○年代，乃至到九○年代初期，對於反抗僵化的意識形態，這套話語是非常有用的。我爲這一批人唱了很長一段時間的讚歌。但是，時間到了九○年代末，乃至二十一世紀初，在今天商業背景中，這些東西已經失去了它的反抗性。在這種背景下，你講感性，講個性，你要做愛，你要泡吧，要和外國人談戀愛，這不叫另類，沒有人在壓抑你做這些，做這些就沒有另類的意味可言。相反這些成了妥協、屈從，出賣自己、放棄自我的標誌。我們過去過多地強調了反英雄、反理想、反宏大敘事，而現在我在想英雄主義特別文學上的個人英雄主義還是需要一點兒的，現在的問題是我們的作家很少有以個人的綿薄之力去熱愛世界的想法。我們對底層的悲憫能力正在喪失。

在這樣的精神背景中，「斷裂」其實是一場知識分子的自我拯救，它試圖重新喚起人們早已淡漠了的政治情懷、民間意志，試圖重新建構知識分子獨立精神空間。它試圖和它出生的這個時代割袍斷帶，但是它最終還是隱沒在了這個時代的大潮中。

21 在自由的風中回憶我的文學南大

我們在南大校園裡流連忘返，
在這裡尋找愛情、詛咒、文學等等一切我們所需要的東西。

我對我的朋友袁說，我喜歡南大，要知道這裡是多麼新奇，而新奇的一切都是好的。例如，大冬天的時候，這裡會有胖胖的外國佬穿著短褲來上課，那是一個氣溫只有五、六度的天氣，他穿著一件短袖襯衫和短褲出現了，他匪夷所思地出現了，我一下子就喜歡上了這個胖子，他高高地坐在我的身後，那樣神奇。他也許不知道，他是怎樣地鼓舞了另一個非南大的南大人的信心，在他的座位前面，正有一個頹廢的人被他的奇裝異服鼓蕩著，像一隻鼓滿了風的帆，就要在知識的海洋裡遨遊了。

南京大學的樹是那麼地粗，它們的腰圍大多是我原來所在的那所大學校園裡的樹的兩倍，我對自己說，這就是文化，你瞧人家。相比較而言，某某大學的那些樹是多麼地委瑣，他們在校園裡窄澀地活著，瘦削的身影迎風飛舞，那麼輕佻，那麼無聊，絲毫也不像南大的樹那樣沉著、端莊、尊嚴，這是一種道德主義的樹，令人望而生畏。

在它們的身上我學會了敬畏，要知道，每天早晨、傍晚、中午、晌午、黃昏、課前、課後、飯後、飯前、睡前、睡後有多少滿腹經綸的導師們將出現在這些樹的下面。他們和那些無處藏身的石頭一樣裸露在日光裡，和那些石頭一樣來自遙遠的文化年代，並且是他們鍛造了這些無家可歸但卻滿腹經綸的樹木。

更重要的是這是一種人道主義的樹木，這些樹都有很低的枝幹，戀愛的人們可以雙雙坐上去，在上面竊竊私語，小小的熱烈的如火如荼的愛情可以在上面生長，並且開花結果，甚至瓜熟蒂落，這就是南大的樹。

進校那會兒，我在南園的報刊欄前看報，這個時候，有個小姑娘怯怯地走到我的身後，她問：「叔叔，你知道北園往哪兒走嗎？」我用手一指，我說：「那兒。」小姑娘說了聲謝謝，然後堅定地向著我指定的方向走了。我望著她的背影，感到自己非常神聖。要知道，這件事情的意義非同一般，其意義，在當時我就已經用我的敏感捕捉到了。我在外人的眼中已經是一個南大人了。我在南大已經找到北了，三、我也是一個指點迷津的老師，而且是在南大指點迷津。你看，我不是在指導別人從南園的迷津中走到北園的迷津中去嗎？

當然這種對南大的神聖感有的時候也受打擊。例如，到北京找工作那會，我在一所學校的中文系研究生教室裡等人，當我說我是南大的時候，那些可愛的研究生們無一例外地都以爲我是南開大學的，其中一個美貌如仙的女生說，那你一定認識誰誰了？我說不認識。她立即顯出失望的神情來。原來她誤以爲我是南開的了。這使我感到並不是每一個人都知道南京大學，並不是所有的人都認爲南大就是南京大學。儘管所有的南京大學人都知道南京大學，儘管所有的南京大學人都認爲南大就是指的南京大學，是啊，在南大人的眼裡，南大不是南京大學還能是其他什麼大學呢？什麼大學配得上「南」和「大」這兩個字呢？

後來我在北京的尋職是失敗了，我想我是爲南大丟臉了，我對我自己說，這不是我個人的失敗，原因是作爲一個南大人的我被北京拒絕了，至少也是南大的被拒絕吧。

不過南大，她一定不是這麼想的，這是南大的偉大之處，她不畏懼失敗，而是勇敢地面對失敗。當我問她，能否將我的報導證開到北京的時候，她說不行。這是多麼堅強有力的回答，誰能在這樣的回答面前無動於衷，而不感到由衷地欽佩呢？

不過，在南大時代，我常常會有一種異己感，我想我不是南大人，這種感覺很怪異。實際上我只是在南大裡住了半年，此後我就搬到南京裡去了，我在南京的一座公寓樓的六樓安下身來，在那裡俯瞰南京這個城市，並且成爲南京這個城市的編外成員，要知道因爲沒有南京戶口，我對南京的崇拜感與日俱增，成爲一個南京人的衝動極端地強烈。在這方面南大的身分並沒有對我產生什麼安慰作用，相反讓我很自卑。儘管我是一個南大的編內成員，南大正在南京內，但是，我依然不是南京的人。我夜以繼日地生活在南京人之中，但是我和南京人永遠沒有成爲「自己人」，這多少讓我感到有一些自卑。問題是我搬出南大以後也不是南大人了。

其實，對這種命運我不是沒有反抗的，我希望自己做一個城裡人，這對於一個來自鄉下的人來說已經是最大的理想了。唉，現在想起來，我依然爲我自己終於沒有成爲一個南京人而感到痛心，一個鄉巴佬的心願就這樣破滅了。

當我被驅逐出南京，帶著我的一千餘本書離開南京的時候，我就像一個趕著六百頭羊的牧人，我失去了我的草場，哪裡會安置我的羊？我的一個哥們兒騎著三輪車，將我的六百本書送出草場門，一直送到江邊碼頭，在那裡我們草草告別。那天我的船載著我從南京長江大橋下面緩緩駛過，望著身後的南京，我的眼裡竟然流出了淚水，我想我再也回不來了，我就這樣永遠地和我的南京，我的南大，我的南大生活以及理想、驕傲、信念一起分手了。

在我和南京之間到底橫亙著什麼呢？一個無情的第三者破壞了我和南京之間的愛情，然而直到現在這個第三者依然不顯現它自己，它高高地隱藏了它自己的面目。造化弄人啊。我擦了一把心酸的眼淚，對自己說。

南大時代，在我六樓的孤獨生活中，我依然會想到這是一種好處，例如和南大2舍的三樓相比，這裡雖然沒有博士們的高談闊論，但是有南京的霓紅燈和空氣，透氣比較方便，沒有酸味道。陽光也比較亮堂。吃飯和睡覺都不用理論論證，沒有人將咳嗽和刷牙的聲音當寶貝記錄。沒有人將牙垢整理之後當文章發表，換稿費。

不過，我的絕大多數哥們兒不這麼看，他們常常非常羨慕南大裡面的一切，想像中南大裡面的東西，例如噴嚏、咳嗽、光腳、鼻涕、夢囈、發呆、說話、吃飯、睡覺、做愛、寫字，總之，每一樣事情都是有浪漫情韻的，都是由理性的頭腦精心策畫的文化感特別強的東西。所以，我也還是經常地要成為一個南大人。

我們在南大校園裡流連忘返，在這裡尋找愛情、詛咒、文學等等一切我們所需要的東西。那個時候你常常會看到我和我的朋友們周末的時候出現在南大的各個角落裡，如果我們一直低著頭，那就更充分地說明我們是在尋找了。

你看我們多像獵手啊，爲了多多地認識女孩子，我們組織了南大文學社，對於前來發展的社員，女性一路綠燈，而男性則任其自生自滅，我們在那裡發現了多少有爲的文學女青年，一個也沒有，但是卻傷了不少純潔的文學男青年的心，那些傷心的文學男青年熱烈地寫作，繁榮了南大的文學事業，文學在我們的伺弄下在南大發芽了，發出了綠色耳朵和嘴巴，而文學獵手依然兩手空空。

我們也組織同鄉會，我們在食堂的廣告欄裡廣而告之，並且留下了尋呼機號碼，準備所有的男性尋呼我們都不回，而所有的女性我們都回，你看我們就是這樣熱愛女性，尊重女性，我們已經進化了，從文學中我們找到了尊重女性，女性優先的風格和依據。但是，後來才發現這種手法在南大已經司空見慣，再也不會有什麼女子來上當，倒是有一回，一個同性戀者開始不斷地騷擾你們。

那是一個激情主義的時代，我的師兄趙恆瑾每次都用不同的稱呼喊我，這個來自韓國的中文愛好者，試驗了各種各樣的稱呼，在我的身上研究中國人對稱呼的反應，「老葛」、「小葛」、「葛兄」、「師弟」、「兄弟」、「朋友」、「紅兵」，在他的稱呼中我是一個千面郎君。來自日本的「姿三死郎」兄，則比較直接，將我扔在的士車裡，我只好將他認眞計算過的一半的士費塞給司機，的哥最後說：「你們日本人眞是絕門，兩人乘車車費還要單付。」是啊，我也成了日本人了，我懷著羞愧的心情離開了的士，但是時候我才想到我爲什麼要爲一個日本人而感到羞愧呢？而一個來自喀麥隆的黑人則要和我做咖啡豆的生意。

那個時候我是多麼年輕啊。對任何新奇的事物都抱有好奇心，例如對南園門口的餛飩，這種餛飩即使是在西元一九九七年的時候也不過五毛錢一碗，而且它是世界上最好的瀉藥，它讓你在飽嘗了口舌之欲之後立即狂瀉不止。而南園裡的每一個食堂幾乎都是美女展覽館，只要你在適當的時候出現在食堂裡，只要你有足夠的勇氣，那麼，就請將你的飯碗端好，就請你像獵手一樣在三個食堂之間來回逡巡，你一定會找到一個和你共進午餐的美女，而在吃完美妙的午餐之後你也將無一例外地得到一個電話號碼，儘管絕大多數電話號碼都是空號。但是你依然對此毫不氣餒，如果你發現一個美女出現在飯廳裡，你一定會立即擠到賣飯的地方，再來它二兩，即使你已經撐得非常難受，你還是會磨磨蹭蹭地蹭到那個女孩子的身邊，你說：「今天的飯菜特別好。」然後你津津有味地開始了你的撐飯旅程。

然而，你終於在南大失望了，你發現浪漫主義時代已經結束。崇拜文學的時代從你進南大的第一天起就已經結束，而你對文學的崇拜恰恰成了你的把柄。

但是，你不認爲這是你的失敗，你認爲這是文學的失敗，文學在這個時代已經失去了魅力，它再也沒用吸引力了，尤其對於女孩子。你終於明白了，文學是寂寞的事業，它之所以是偉大的，就因爲它是寂寞的、孤獨的和沒有魅力的。而對於你這樣的人，文學再適合不過了，你說你將獻身文學，在文學的老家終老。

22 他們振臂揮舞，是偉大舵手

世界之舟的最上層是道德主義者「高大」的身影，他們振臂揮舞，是偉大舵手，
而世界上的其他人都只能在底層的船艙裡划槳，
對於這船划向哪裡他們無權過問。

有學生問我平生最痛恨什麼人，我說我最痛恨道學家。這種人最虛僞。我親眼見過幾個道學家，他們平時對一個女孩子非常好，他們就這個女孩子幾乎周周都要聚在一起喝茶，但是，當這個女孩子生活上出現了一點兒問題，需要他們出來打個招呼，做些解釋的時候，他們一個個都拒而遠之，他們都跑得無影無蹤。這就是道學家。他們爲了保持自己的道學面貌，會不惜犧牲別人，要知道這些人連起碼的朋友之誼都不顧，他們還有什麼地方值得信賴呢。

大多數道學家是用貶低和抨擊別人的道德來證明自己的，他們之所以被認爲是道德高

尙的道學家，大多數時候並不是因爲他們有什麼正面的高尙舉動，而是因爲他們時常抨擊那些所謂的道德敗壞行爲和道德敗壞分子，他們從痛斥別人中獲得名聲，因而常常對別人越發地苛酷，必要的時候他們是不憚於在別人的傷口上撒把鹽的。

但是，有些讀了很多書的所謂知識分子似乎並不明白這個道理。

一位朋友跟我談電影《甲方乙方》。他舉了幾個例子，講到美國國旗是非常神聖的，巴頓將軍、《列寧在一九一八》是非常神聖的，烈士們是非常神聖的，南京因爲曾經是中國的首都也是非常神聖的，所以電影《甲方乙方》就不應該拿這些神聖的事物來幽默，《甲方乙方》這樣做完全是毒害那些不明事理的青年人。可是，我問他，難道「神聖的事物」就不能拿來做幽默的材料嗎？事實上，這位先生可能不知道，美國人對國旗的態度是莊重的，但是當要通過法令，宣布焚燒國旗是非法的時候，美國人就站起來反對了，人可以自願地尊崇一個事物，但是不能被迫地尊崇一個事物。在這位朋友看來，俗人把聖人當菩薩供著才是正理，俗人是沒有權利拿聖人來幽一默的。所以，那個電影中那個胖子書商只該在他的書店裡賣書，是絕不應該有他的幻想的，至於幻想做什麼巴頓將軍就更是大逆不道了。

其實一般情況下聖人都是很隨和的，聖人也是不忌諱拿自己來幽默一下的，例如，毛澤東，他就在接見外賓的時候用「去見馬克思」來對自己的年老幽默一回。據說在場的人都會心地笑了，沒有聽說有人因此而嘲笑主席，相反大家從這個幽默中感到了主席的人格份量。這樣的例子不枚勝舉，「聖人」是不忌諱拿自己來幽默一回的，怕就怕在我們中的某些人自認爲「卑人」，對著聖人鞠躬哈腰，在聖人面前連頭也不敢抬一下，他把腦袋都給了聖人，然後自己做了沒有腦袋的尾巴。他把自己的權利交給了聖人，其中甚至也包括笑的權利。現在，我們終於趕上了好時候，「卑人」也可以笑一笑了，可是有的人就是對「卑人」的笑看不過眼，好像「卑人」一笑，天下就大亂了，在他們的眼裡人們一提到聖人（其中包括美國的聖人，如巴頓者）的名字「卑人」就應該沉靜肅穆默哀，一提到攻佔南京「卑人」就應該咬牙切齒兩眼含淚如喪考妣才行。

這就是某些知識分子的德行。他們害怕大眾的笑聲，他們希望大眾和他們一樣成天愁眉苦臉。這就是中國的精英。他們將大眾放在了精神的低點上，自認自己爲大眾導師，這種所謂的啓蒙主義態度和五〇至七〇年代的蒙昧主義政治態度在表面上看似乎相反，其實是一致的，蒙昧時代的政治是叫大眾不要思考，而市場時代的精英是叫大眾不要歡笑。反正，大眾除了應當受苦，在苦行中實踐他們的道德，爲某個偉大理想而奮鬥以外，就不應該有什麼其他想法了。用這樣的態度來對待大眾實在不應當是一個知識分子所應持的立場。一個政治家、一個軍事家他這樣做，他將大眾的生命當成實現政治報復和軍事目標的工具或許還可以理解，但是一個知識分子，他在任何時候，任何條件下都不應當如此。然而，恰恰在這一點上中國知識分子是最缺乏人文關懷的。

《作家》九九年第六期上看到這樣一首詩，題目叫作〈人體盾牌〉。

盾被發明出來
本來是爲了保護人體的
而人類今天竟然用自己的身體
組成盾牌
保護那條河上唯一剩下的橋梁
那是爲了已經鄰近的下個世紀
正義和良心
有路可走

我爲這位詩人感到羞辱。

一個詩人，一個知識分子，他應當是爲人類生命而歌唱的，他應當認識到生命本身才是生命的目的，可是現在，他在歌唱人體盾牌。

他想都沒有想，就將人體的價值看成是低於橋梁的，身體必須爲橋梁的存在付出代價，而不是相反。他忘記了一個常識性的邏輯，橋梁的存在是爲了讓人體輕鬆，不必爲了過一條河而繞路或者泅水，他不知道，橋梁毀掉可以依靠人體來建造，而人體毀掉了，卻不可以通過橋梁來重建，他只是知道，橋梁的存在對於人類是必須的，因而它的價值就高於人體。這是多麼荒謬的邏輯。

一個國家（作爲一種統治形式）不關注這個國家裡的人民的生命的權利，卻鼓勵人民用他們的身體去保護物，它把自己的人民當成了工具而不是目的，它讓自己的人民拿身體去換一座橋梁、一門大炮或者一輛汽車……，它的存在的合法性我看非常值得懷疑。它沒有將自己的人民的生命看成是這個世界上最寶貴的，而是相反，將這個國家中的物看成是自己的目的，它寧可要一個物，也不願意要一個人，它讓人爲了物而存在，它對這個國家的人民還有什麼意義呢？一個國家只有它保護人民的生命並且努力使人民生活的更自由更美好的時候才有理由存在。

我知道正義和良心經常是幌子，而試驗這個幌子的眞僞的就是對人的生命的態度。從中我們可以看到，一方在爲生命精打細算，他們用一千萬美元一枚的炸彈，爲什麼他們不用一百美元一枚的炸彈？因爲那種炸彈不能遠距離精確制導，會傷及無辜。一千萬美元一枚和一百美元一枚的區別就是爲了在別國的領土上少傷一點別國的無辜者，而這個國家自己呢？他們如何對待自己的公民，他們讓自己的公民組成人體盾牌，他們用電視、用廣播鼓勵這種作法，宣傳這種作法，他們讓自己的人民做盾牌而絲毫不感到可惜和可恥，這就是他們對待自己人的方式。我想知道這樣的國家它到底爲什麼而存在，它在保護什麼，爲誰保護？

也許我們中許多人會說，這是人民自己願意的。我不知道，有什麼東西能將數千人這麼有效率地帶動起來，他們是被驅使的，是有組織的。沒有組織者的籌畫，很難想像，數千人能步調一致，更何況他們是平民，而不是訓練有素的軍人呢？是誰在幕後組織他們輪著班地用自己的軀體守護大橋？

即使正義也沒有權利充當這樣的組織者，即使良心也沒有理由用數千人的生命去冒險，而這僅僅是爲了一座橋梁。

人肉盾牌，這是一種多麼無恥的防禦邏輯。戰爭的一方，它利用另一方的良知：它知道它的敵人是講良心的，不願意傷害無辜平民，即使是這些平民受了愚弄變成了敵人的時候，也不會向平民開槍。因而他們將自己的人民趕上了橋頭，它用自己對人民的殘忍、嗜血、毫不珍惜來驗證它的對手對它的人民的珍惜，他用自己的殘忍來試驗對手的良心。

是的，它終於成功了，它的人體盾牌成功了，終於那座橋被保護了下來。

然而我要說，這不是人體盾牌戰略的成功，而是那個被看成是敵人的人的良心的成功，我從中看到的了良心——一種眞正的良心。

一天夢裡，我看到一位這樣的父親，他在和別人決鬥，突然他感到自己就要失敗了，這個時候，他轉身回屋，一把揪出了自己的兒子，將鋒利的刀刃架在了他兒子的脖子上，讓他的兒子站在他的前面，做自己的盾牌，他對他的敵手說：你開槍吧，你殺死的將不是我而是我的兒子。

這個時候我一身冷汗地醒來了，我忘記了他的對手是否開了槍，但是我在想，這樣的父親，他有資格做一個父親嗎？我絕對不願意做一個這樣的父親的兒子。

由此我想到，作家，一個作家應當有的基本良知是什麼？或者一個作家應有的基本良知他是否有？爲此我常常感到失望，他們被一些漿糊糊住了腦袋，他們只知道跟風，只知道人云亦云，他們失去了思考的能力，失去了自己作爲一個人的起碼的判斷力。

一個只知道用功利的邏輯，而不知道用人道的邏輯來思考問題的人，他沒有權利頂著作家的幌子說話，他應當去做政治家而不是一個詩人、知識分子，知識分子唯一的邏輯是

「人」，人高於一切。即使是爲了所謂「正義」的目標，也不能放棄這一點。讓兒童救火，讓一群戰士做人肉炸彈，讓一個人爲了救一群羊而犧牲（集體的財產高於一切，包括高於個體生命），這些在特殊的歷史情形下，在功利的邏輯中，在政治的考慮中是合理的，但是對一個作家，它永遠是不合理的，它是考量一個作家的試金石。

是否站在人的立場上，而不是物的立場上講話——這是一個知識分子的唯一標誌，它應當是知識分子唯一的道德準則。

看到那種學者，他們走路時的樣子是佝僂著腰的，彷彿知識的重量已經使他們不勝重負，他們談話的時候總是引經據典，彷彿除了引用別人的話，他們自己就沒什麼話好說了，他們一生的時間都在解釋別人的話——在紙面上，在生活中都是如此。做學問，對於他們來說就是看別人是怎麼說的，從這本書到那本書，如果把他們的文章中的引文去掉，他們的文章剩下來的就只有引號了。他們的眼睛特別發達，不僅用常人的肉眼，還要加上兩只鏡片，他們的眼睛似乎生來就是看書的，看書中的聖賢怎麼說，然後跟著說，於是他們成了實足的道德主義者，他們得上了一種共同的病叫「道德主義病」。

問題的關鍵是他們不僅把這種做學問的方法用在他們的文章中，他們還把這種方法用在生活中，對於他們來說生活彷彿不是自己的事，而是書中早就規定好了的事，他們的知識害死了他們，他們活在這個世界上就是爲了實踐聖人在書中已經規定好了的預言，生活的每一步都是聖人預言的實現。他們失去了活生生的自己，那個有血有肉的人死去了。他們害怕任何書外的東西，任何聖人沒有說過的東西，他們都感到害怕，一件小小的新鮮的東西（例如一塊新品牌的冰激凌）都會使他們裝滿文字的腦殼短路，因而他們除了成天躲在家裡做所謂的學問之外不敢做任何別的事情，他們不敢外出，街上的摩登女郎使他們眩暈，摩登女郎的超短裙擊中了他們道德主義的腦門，使他們發出非道德主義的驚呼。他們對這個活生生的變化著的世界是恐懼的，他們不敢和這個世界接觸，於是他們就用一種理由將自己禁錮起來，這個理由我們經常聽到——學者要坐冷板凳。他們太虛弱了，虛弱到霓虹燈的光線也會使他們生病。所以他們只能坐在家裡的冷板凳上。

這就是知識在他們身上的反映。他們用知識代替思考，對於他們來說知識就像我們每天刷牙一樣無可懷疑。他們生活在知識中覺得無比的安全。所以他們手不釋卷，離開了書他們該幹什麼呢？他們什麼也幹不了。

中國知識分子病得最嚴重的地方是道德。他們的道德太多，他們試圖爲社會建立道德秩序，他們樂意充當社會的道德總裁判的角色。一個手無縛雞之力頭重腳輕的人，他憑什麼在這個世界立足，他如何證明自己爲這個世界所必需？他說：我的形是頹的，我的身是弱的，我的體是虛的，但是我的魂是強大的，我的靈是高貴的，我的神是勇敢的；他說：一個人在世界上存在重要的是靈魂的安妥和清潔，身體是可恥的粗陋的卑下的污穢的，只有靈魂是偉大的高尚的純潔的美滿的。——文人就是這樣利用身體和靈魂的二分法證明了自己的高人一等，證明了自己存在的價值，從而解除了對自己的存在價值的焦慮，把這種焦慮轉嫁給了勞力者。

就是這些文人殺死了原始的安居於這個世界的靈肉統一不分的身體本眞地處於安妥狀態的人，建立了兩個妖怪：靈魂的人、肉體的人，並爲這兩個虛想出來的怪物編織了無數的神話。文人說：道德即知識。文人自己是靠知識吃飯的人，他就說只有知識才能導致道德，言下之義就是只有文人（有知識的人）才是眞正的擁有道德的人。由此我想到一個勞動者——一個農民，他會不會象一個文人一樣一邊在田間勞作（比如噴灑農藥），一邊說自己的勞動是唯一的道德，（他不會說只有噴灑農藥才會導致道德）並要求所有的人都像他一樣勞動（噴灑農藥）。一個農民，一個純樸的農民他不會這樣，他只是默默地耕耘，他的道德就是他的身體，他的體力，以及他的體力的結果——那些鮮綠鮮綠的青菜、蘿蔔，那些通紅通紅的番茄、蘋果，當他來到菜市場，他弓腰坐在他的蔬菜攤前，他無需說話，用不著夸夸其談，他的蔬菜就是最好的語言，他的道德就在他沉默的弓腰而坐的身體裡，在他的新鮮而自信的蔬菜裡。他的道德是沉默的的身體性的凝結在結果中的，而不是語言的、靈魂的、看不見的、虛幻的和說辭的。文人說：「愛靈魂不要愛身體，愛上帝不要愛自己」，「肉體只是一具臭皮囊而已，最可鄙的人就是只愛自己和那具臭皮囊的人」。——文人進一步說這個社會的靈魂就是他們，大眾這只是這個社會的肢體。在這裡人的身—心二分法落實爲現實世界的人在主體地位上的（超越主體與一般主體）的絕對等級制度。文人說：道德即秩序。儒家講「無違」，就是要人們對社會等級制度採取一種默認的態度。

在中國，儒家的對於身體的蔑視（「君子舍利而取義」、「捨身取義」、「殺身成仁」）是一以貫之的，中國歷史的源頭沒有像古希臘的伊壁鳩魯那樣的崇尚身體、感性的反對派倫理學家，又沒有經歷尼采那種非道德主義哲學的衝擊，所以中國的反身體、敵視感性（感官）、視肉體爲仇寇的道德主義觀念一直延續了幾千年，中國人在長達幾千年的過程中一直受著這些可恥的道德主義者的愚弄和欺騙，以致中華民族看起來似乎是先天就反身體的，中國人不重視身體鍛鍊、缺乏戶外體育活動的興趣——對身體蔑視得太久了，幾千年的結果人們獲得了一種種族上的身體的頹敗形式，道德主義者應該爲這種身體素質的普遍虛弱、體力的普遍萎靡，感官（感性）的普遍退化負責（一個靈魂主義的民族怎麼不會得此體症呢？）。

我們承認人道主義的精髓在於對個體的人的自我選擇和決斷的權力的肯定，那麼我們會清楚地發現道德主義者的文人的所作所爲是多麼地反人道主義，他們的目的就是要消滅個體：自由自覺自主的個體，而代之以那些無個性無決斷的「群眾」。他們把道德抬高到絕對，其目的就是要無數個體放棄個性沒入普遍理性和普遍意識之中。進而言之就是要犧牲無數人的個性，使他們不能成爲個人，而成爲道德主義者的道德容器，執行思想而不是創造思想，甚至連選擇思想的權力都沒有。對於世界這將是怎樣一副圖景？世界之舟的最上層是道德主義者「高大」的身影，他們振臂揮舞，是偉大舵手，而世界上的其他人都只能在底層的船艙裡划槳，對於這船划向哪裡他們無權過問。他們除了划槳之外不再有任何權力。

面對道德主義者我總是對自己說：別盲信，一定要保持自己的決斷。必須認清道德主義者的虛僞的面目。爲了更加清楚地說明這一點，現在我們把這個世界簡化到只有三個人，這是一個簡化的世界模型。假設他們三人只有一個麵包作爲食物，這是道德主義者會對另外兩個人說：「你們應該講講道德，應該將麵包給有病的人吃（我就是那個有病的人）。」而個體主義者會對另外兩個人說：「你們有權選擇你們對麵包的態度，但是我對麵包擁有三分之一的權力，我將使用這個權力。」第三個人，他聽信了道德主義者，他說：「親愛的道德主義者，其聽從您的教導，爲了道德的完善，我將麵包獻給您。」第三天我們將看到道德主義者在吃了雙份的麵包之後滿面紅光，他的道德主義說辭越發淩厲輝煌，而那個獻出麵包的人已經餓得兩眼昏花，連說一句「給我一片麵包吧」的力氣也沒有了。不要相信道德主義者的說教，不要將自己降格爲一個無思想無個性無決斷的人，一旦我們解除了對道德主義者的迷信，人們不再相信關於上帝、聖人、大全的說辭，對於絕對主體的信仰沒有了，那麼相信一種超凌於個體之上的道德規範爲一種絕對的普遍有效的道德規範的信念也會跟著瓦解。人們就會從這裡回家，回到那個個人的立場。換句話說，沒有普遍必然的道德律，道德主義者無權充當絕對主體，無權對公眾指手畫腳。

然而一個道德主義者，他不對大眾指手畫腳，他還能幹什麼呢？那些道德主義者，時刻都會用道德主義的眼光來審視你，一旦風吹草動，爲了保住他道德主義的聲譽，爲了他的知識他會毫不猶豫地出賣你。他們是一些只有腦殼而沒有身體的怪物，而他們的腦殼裡無一例外地裝滿了「知識」這個漿糊——他們是把知識變成漿糊儲存在他們僵硬的腦殼裡的。因而他們在生活上毫無趣味可言。他們成天就爲那些已經死去的人活著，他們讀那些死去的人的書，只和那些死去的人交談。

我寧可和那些毫無知識的人交往：他們的腦子裡沒有漿糊，沒有聖人的條條框框，因而他們的行事依靠自己的判斷，甚至本能。他們的身體保留著鮮靈靈的活力，他們不僅用腦子思考這個世界，還用自己的身體來思考這個世界，在這個世界中用他們身體的行動證明自己的思考。他們沒有知識，可是擁有比知識更為寶貴的本能，他們知道冷暖飢飽，知道如何維持自己的存在，不會像那些所謂的學者那樣標榜自己「廢寢忘食」，把手錶放到飯鍋裡，出門總是撞到電線杆上，他們知道一個人存在於這個世界的必然的欲望：存在本身就是一種欲望，為了存在他們早出晚歸，不吝嗇使用自己的身體，相反他們為自己的身體感到自豪，他們循著自己的本能在夜晚和自己的愛人做愛，他們用他們的身體表達對他們的愛人的感激和衷情而不是用誇張乏味的語言，他們渴望生育，為自己的生育能力感到自豪，他們不會像那些「有知識」的人那樣拒絕生育，拒絕為人類的延續承擔義務，他們的本能使他們自然地親近人類的使命，而不像那些「有知識」的人那樣拒絕生育。單純地做一個知識者是沒有什麼意義的。

所以我要反對知識，在一個本真地存活於世的人和一個驕矜的知識者之間我選擇前者，我願意我的身邊充滿了那樣的朋友。他們胖胖地、鬆軟地活著，絲毫也不因為「知識」的理由而變得畏縮、委瑣，他們大大咧咧，對著酒瓶喝酒，在傍晚的光線中他們哼著流行歌曲回家，你經常可以聽到他們發自本能的肆無忌憚的笑聲……

對於道德主義者，我天生就感到恐懼。在他們的詭辯和技倆面前我常常會感到非常軟弱，他們太會利用大眾了，他們用「義正詞嚴」的面孔蠱惑了大眾，大眾像羔羊追隨他們，他們浩浩蕩蕩，像一支戰無不勝的大軍。歷史的深處，到處布滿了他們的身影，他們的刀和劍奕奕閃光，多少英魂消失在他們的笑聲中，他們有人緣，他們有勢力。而被中傷者則是孤家寡人，他們被訂在恥辱柱上，我常常能看到他們的眼睛從楊貴妃的陰魂背後，從十字架上基督的背後閃現出來，令人毛骨悚然。

你看，他們現在就在中傷我了，他們已經從道德上取消了我，僅僅因爲我不能認同他們的道德，他們就說我沒有道德，那麼，親愛的道德主義的知識分子們，請問你們，你們中有誰能和我對質？你們對這個國家的熱愛會比我更熱烈嗎？你們爲這個國家流過的眼淚會比我更多嗎？你們的學術理想比我更崇高嗎？你們的學術道德比我更高尚嗎？拿著你們的道德離開我，讓我做一個沒有道德的人吧！請將你們的道德拿走，將我的道德留下，讓我在你們的詞典裡做一個流氓吧，因爲在我自己的詞典裡這正是英雄的代名詞。

23 祖父在街上荒唐地轉悠

她乞求得到安眠藥，一種可以幫助她的靈魂的東西。
然而塵世間的人們都是懦夫，我們有安眠藥，但是我們不拿給她，
我們把她的靈魂留在她的身體裡，讓她的靈魂在死亡之路上獨自和她的身體搏鬥。

祖母，在我的記憶中，她總是很乾淨，手有些粗糙，但是很溫暖，尤其是冬天的時候，我總是願意被她的手握著。晚上睡覺的時候我願意我的腳放在她的懷裡，而白天的時候我願意我的手被她握著。走到田頭去，看祖父是否回來吃飯了，走到李家去借一下米簸箕。或者就是這樣握著，趴在她的膝蓋上。

我們在祖母的年代是貧窮的，祖父買回來的東西幾乎都和貧窮有關，魚有些脫鱗，肉有些黯淡，蔬菜有些萎縮，祖父常常爲了這些要在街上轉悠一整天（那是一個人人都有時間，卻沒有有權利將這些時間使用在賺錢上的時代，人們只有將時間使用在節省花費上的

權利而沒有將時間使用在賺錢上的權利，這是多麼荒唐的現實啊，然而這又千眞萬確曾是一代人的現實），我是十六歲了，才知道祖父在街上轉悠，他是在等待那些魚脫鱗，那些肉黯淡下去，那些鮮豔的水靈的蔬菜開始萎縮，然後再買下它們（此刻，我在想作爲一個祖父，他帶著這些吃食在暮色蒼茫中回家，他心中的感受會是什麼樣的呢），但是，經過祖母的手，這些似乎都變得富貴起來，每次家裡有這樣的街上菜肴出現，它們無一例外地都會洋溢著富貴的喜氣。那是在傍晚的時候，我們把桌子端到場院裡，燃上熏草，這個時候螢火蟲就在身邊飛了，知了在樹上有一聲沒一聲地叫著，月光就會撒一地。大多數時候，會有長輩客人，例如外太婆，自然我們有些拘謹了。飯後，祖母洗了碗，就是送外太婆回去的時候了，祖母會牽著我們的手一起送，一直送過兩村相界的木橋。然後，我們回家，一路在月光中走，彷彿月亮在跟著我們，稻田的氣息，河水的氣息，昆蟲的氣息，還有霧和露水的氣息伴著我們走回來。

就這樣一直到我離開。那年我參加中考，祖母早早地起來了，做了元子，放一碗在灶頭的菩薩面前，點上香，然後把我喊起來，吃了早飯，在菩薩面前磕了頭，我得走了，祖母就照例把我送到門口。那年我考取了海門師範，我成了一個吃公家飯的「國家人員」，我的祖母非常高興，我看得出。我也高興。

此後，我就只能半年甚至一年回去一趟了。

「回到老家，彷彿時間停止了。那些事物毫無變化，桌子是十年前的，椅子呢？十二年前它就在那裡了，這些年它除了一天一天陳舊著，陳舊著以外，還有什麼呢？這裡已經很久沒有買過新的東西了，在這個家裡的每一樣東西上我都能看到往日的影子在隱隱地漂遊，這就是衰老，一切都是懷舊主義的。它們都只是和往日聯繫在一起，而不是和某個不知道的未來聯繫在一起。一切都是我熟悉的，他們都會在瞬間將我帶到某一個往日的記憶中，我擁有的主要就是這些記憶，而不是幻想。而這些記憶就凝定在這些舊了的物品中，我的潛意識裡是否希望通過它們而保持記憶，我的憶舊的疾病是什麼時候產生的呢？我在這樣的家中，我就在這樣的記憶中。我生活在記憶裡，我被這些記憶包圍了。或者我就生活在過去。」

這段話無緣無故地出現在我的出現在我的筆記本中，時間大約是一九九七年的五月，它的前一頁是關於庫恩範式理論的一個劄記，後一頁是關於「奔跑」意象的一個分析。我是在什麼情況，什麼樣的情緒中寫下了那樣一段文字的呢？那裡的「老家」一定是我祖母和祖父的家。那個時候，一九九七年的那個時候，我對「老家」這個詞的感覺爲什麼這麼絕望？似乎這裡面沒有憂傷，而是絕望，此刻我讀上面那段文字，我沒有讀到憂傷。其實，那個時候，我已經失去「老家」了，我已經有三年沒有回「老家」了，我的祖母已經不在了，我的祖父也已經不在了。

然而，回家的記憶卻始終那樣鮮明。一切都還依舊，屋角我小時候刻劃的歪歪斜斜的字跡還在，絲瓜還長在記憶中的地方，堂屋檐角的燕巢還在，但是，當我離開，當祖母送我離開，不是照例送到門口，而是特別的送我到了村口，當村口的小木橋變成了水泥橋，我覺得這一切都不對，我的心裡是那麼淒涼，這不對；祖母的步態那麼滯重，這不對。我的祖母，我的祖父，他們是在衰老了。這也不對。

那年，我離開老家的時候，我的腦子裡有很多的聲音，筷子在祖母的手中交錯的聲音，水缸裡水瓢晃動的聲音，舊式臺鐘滴答滴答的聲音，麥子拔節的聲音，霜落在草垛上的聲音，還有朝霞在東邊的樹梢上睡著了的聲音，這些聲音都無比清晰，然而祖母的聲音、祖父的聲音卻非常模糊。

這是九五年以前的事情。九五年，我的祖父離開我們了，我的祖母也離開我們了。因爲食道癌，她已經一個月沒有進食了。她躺在堂屋的床上，靜靜地，沒有聲息地躺著。那就是我的祖母，我在祖母這樣躺著一個月以後到家，來到她的床前。我以前的祖母，那個把我攬在懷裡用手臂給我當枕頭的祖母就這樣躺著，悄悄地，彷彿睡著了，但是我們都知道她醒著，她不說話地醒著。她的靈魂和她的身體是多麼地不協調啊！

在她的身上我找不到昔日的痕跡了。時間這個瘋子，你看他對祖母幹了些什麼？他抽掉了祖母身上幾乎所有的水分，他墊碎了祖母的身體，現在祖母瘦得皮包骨頭了，瘦得連翻身都沒有力氣了，她只能在父親的搬動中翻身。可是他保留了祖母的靈魂，我的祖母依然活著。

她的身體已經睡著了，她的身體把最後的痛苦留給了她的靈魂，我知道在祖母毫無聲息的已經死亡的身體裡面，我的祖母正像一面鼓被敲得隆隆作響，她無法安頓自己的靈魂，使它像自己的身體一樣永遠地睡著。

她乞求得到安眠藥，一種可以幫助她的靈魂的東西。然而塵世間的人們都是懦夫，我們有安眠藥，但是我們不拿給她，我們把她的靈魂留在她的身體裡，讓她的靈魂在死亡之路上獨自和她的身體搏鬥。我們希望她死去，我們希望她的靈魂早一點離開她的身體好讓我們將她的身體火化，我們都是有道德的人，我們知道名聲、禮儀、孝道……在這些方面我們的責任是善待祖母的身體，爲她的身體裝殮並間歇地哭泣，我們將以盛大的儀式操作此事並在操作中淒容滿面，然後我們把她的身體送走。而在這之前，則是祖母的事，我們大家都聚攏在這裡，我們期待著，甚至有些焦急，我們期待祖母趕快完成這個過程，期待她的靈魂趕快些再趕快些離開她的身體。

可是我們不會幫助她，我們袖手旁觀……

現在，我要從祖母的身邊離開了，像一個眞正的可恥的人一樣地離開我的祖母，把她和她的身體孤獨地留在那裡，然後我離開了，我躲在一個陰暗的角落裡，想像祖母的靈魂跋涉在通往天堂的路上。我相信祖母的靈魂是一定去天堂的，她一生沒有什麼業績，可是卻撫養了七個孩子，將他們送上了社會，在她老年的時候還帶大了我和哥哥，她沒有什麼業績，可是這個世界所有的痛苦她都償過了——本世紀中國的所有痛苦形式她都嘗過了，戰爭、飢餓、政治恐懼、死亡……現在如果祖母的靈魂脫離她的肉體應該一定是走在去天堂的路上。

祖母最後的路了，祖母在這個世界最後的痛苦了，她獨自上路。然後消失在路的盡頭。我塵世的眼光將無法抵達的盡頭。我再也見不到我的祖母了，從此我的祖母和這個世界再也沒有什麼聯繫了，大街上青春的少女們穿著超短裙，她們的大腿在陽光下閃閃發光，她們的胸脯高高地聳立，她們高昂的眼光越過我的頭頂，而我一個憂鬱的頹廢的讀書人在布滿陽光的大街上漫無目的地遊蕩，風將我的頭髮吹了起來，我手裡的一張帳單突然離開了我的手，我追逐著我的帳單在大街上瘋狂奔馳，一輛車鳴笛靠近……這些祖母都看不到了。

祖父在我們的心中，地位不及祖母。在我們的印象中，總是他一大早掃地的聲音伴著我們醒來，每天第一眼看到的祖父總是在掃地，然後他就從家裡消失了，直到吃飯的時候，他在灶膛的下方出現，給灶膛添火，他有節奏地拉著風箱，彷彿一個鼓手在敲打著樂器，這樂曲是歡樂的，理想主義的，勾起我們的食欲和同樣歡樂的情緒。祖父的風箱聲使家裡洋溢著熱烈的氣息。此外，祖父是沉默的，他靜靜地吸著水菸，水菸袋裡咕嚕咕嚕地發出聲響，一種清脆的好聞的氣味在空氣中彌漫開來。我的祖父，就是這樣一天一天地重復著，他在固定的時間消失，在固定的時間出現，他是孤獨的，就這樣重複了很多年，直到他身邊的光線徹底地黯淡了，看不見了。

我看不見他了。我的祖父不在了，那年我回到家，常常會坐在堂屋裡，面對祖父的靈位，憂傷得不能自己，我看不到我的祖父了。每當這個時候，我的祖母就會拉住我的手，祖母說，不要站在這裡，然後落淚。有的時候，我想也許祖父依然在外面勞作，他依然會在固定的時間回來，其實，我的祖母也是這樣想的，她每天定時給祖父乘飯，定時給祖父燒紙錢，彷彿祖父依然健在。

但是，我的祖父是不相信鬼神的，五歲的時候，我就知道他不相信鬼神，那次，天黑得格外利落，連一點兒星光也沒有留下，我和祖父從太外婆那裡回家，我們要路過一片墳場。我緊緊地？住了祖父的手，緊緊地貼著祖父的身子。

這個時候，祖父問我：「是不是害怕？」

我說：「是的，我怕鬼。」

祖父說：「我已經活到這個年紀了，但是，我從來沒有看見過鬼。」

「那麼，菩薩呢？」

「也沒有看見過。」

「那你還燒經（通州鄉下的一種祭祀儀式）幹嘛？」

「只是表達一種紀念罷了。」

現在，在我的記憶中，過去的許多聲音都消散了，沒有蹤跡了，但是祖父的話一直到今天還在那裡，原封不動地在那裡，爲什麼呢？因爲祖父的話在我五歲的時候啓發了我的無神論思想，這是實證主義思維在我的腦海裡最重要的一次演示。我的祖父，他是個哲學家。

祖父是吝嗇的，祖父的這個性格給很多人垢病。以前，我常不能理解祖父的吝嗇。後來漸漸地理解得多了。貧窮的一家之主，在不能自由地賺取更多的錢扶養家人的時候，他唯一的選擇就是節儉，儘量地將開支節儉到最低限度。這是那個時代男人的集體悲哀。其實，他的吝嗇對自己更刻酷，我看到的他總是很少吃菜，有什麼好吃的他從來不吃，當然，大多數時候我們，例如祖母在分配好的吃食的時候，並不問他要不要吃，因爲我們已經習慣了，以至於有一段時間，我以爲這是因爲他不喜歡那些好吃的。據說，祖父曾經有過很多錢，他有過一座槽坊，一家雜貨鋪，還有就是鄉下的地和房子，五〇年代以後他回到鄉下了，後來他就沒有房子和地了，後來，他努力嘗試過各種各樣的方式來賺錢，但是都失敗了，他嘗試過販運但是被沒收，他嘗試過織布但是被拒收，以至於他的兒女只能遠走他鄉，有一雙走到了新疆，後來他嘗試過賣自釀的酒釀，繁育豬崽，但是那時候他已經老了……

曾經，我爲祖父的吝嗇而羞愧，爲家裡的簡陋而感到自卑。但是，後來，我不這樣想了。吝嗇如果不是出於病態，而是出於局勢，要比揮霍和放棄高尚得多，它是責任感的表現，它讓我們在貧困中堅持了下來，我們是節儉的，但是依然是體面的，這就是我們的祖父，它能夠給我們的生活，這也許是可悲的，但是一點兒也不値得羞愧。

當然祖父的吝嗇是被迫的，這是一種無奈的選擇，似乎並不是什麼壯麗的舉動，甚至和資產階級上升時期的典型性格也不可同日而語，例如，葛朗台，這個人物在巴爾扎克的筆下顯得那麼可笑，那麼可悲。作者讓他穿得破爛、吃得窮酸、過得拘謹。幾乎是有點兒可憐了。但是，我們不要忘記了，葛朗台的吝嗇是出於他自己自主的選擇，完全是他自己的意志力的產物，由此，我感到葛朗台的吝嗇倒是有一點兒値得我們欽佩，至少，他不是因爲外力的強制而選擇了吝嗇。不是每個人都有如此巨大的意志力的，能將自己選擇的生活方式、信念幾十年如一日地堅持到如此地程度。而祖父的吝嗇是另一種吝嗇。

那個時候，匱乏被刻意地製造，爲了某種瘋狂的烏托邦幻想，爲了刻意地消滅某種敵對階級，爲了某種整體實力的強大，甚至什麼也不爲，僅僅是爲了考驗人們的意志，爲了「集體」的強大「個人」必須生活在貧困線上，爲此付出一生的代價。這種極端的現象在今天已經不容易看見了，但是，並沒有消失。我們都看到了，私人購買摩托車、汽車需要繳納附加稅，私人購買空調要繳納增容費，用電超額要繳納加倍的電費等等。一種無形的力量正在限制著個人享受生活，這個無形的力量正在用外力使人們選擇吝嗇的生活方式，不用私人汽車、摩托車，不用空調等等等等，反正享受生活的事情要儘量的克制。實際上，這會兒，生活在這個國度裡的人都是「吝嗇鬼」，然而，他們的吝嗇要比葛朗台在人格上要可悲。爲什麼？葛朗台是自己選擇了吝嗇，而我們是被迫地選擇了吝嗇，正出賣著自己的意志。葛朗台的吝嗇是得到了自己的意志，而我們的吝嗇是出賣了自己的意志。我的祖父也是如此，但是這不是他的問題，而是他的時代的問題。他的時代比我們這個時代要嚴重得多。

哈耶克在《自由秩序原理》一書中說：「那種認爲社會比個人更關注未來的觀點，其所具有的含義遠遠超出了自然資源的保護問題。這個論點並不只是認爲只有整體社會才能夠滿足諸如安全或者國防等某些未來的需要，而且也是指社會在一般情況下應當將其更多的資源投入到爲將來提供儲備的工作上去，而且投入的資源應當比個人分別決定者要多……然而我們必須指出的是，除了那些主張這種做法的人的武斷判斷外，沒有任何其他東西可以佐證這個觀點。

在一個自由的社會中，我們不僅沒有理由要求過去幾代人應當爲我們提供多於他們已提供的東西，而且也同樣沒有任何理由爲個人開脫其對未來的責任。上述認爲社會比個人更關注未來的論辯，由於這樣一個常被人們徵引的邏輯荒謬的論據而變得毫無意義，這個論據指出，由於政府能夠以較低的利率借貸，所以它能夠比個人更關注未來的需要。」

由此，我們在想任何一個自由的社會，都沒有權利強迫人們爲「未來」支付罰金。未來應當由個人來掌握。從這個理由出發，我們就可以說，任何使人成爲被迫的吝嗇鬼的做法都是不符合人道的，因爲它比葛朗台更不人道。

我的夢中很少出現親人的身影。但是祖父是個例外。那是祖父逝後的第二年，暑假我回到家裡，祖母見我回來也很高興，樣子似乎爽亮了不少。她天天堅持早起，爲我磨豆漿，這讓我有一種回到童年的感覺。也就是在那個時候，我夢見了我的祖父。夢中的祖父穿著一件長衫，白色的，很飄然，他似乎推著自行車，也許沒有，或許他只是在步行，夢中我們到底說了些什麼，現在也記不得了，只是感覺上他已經生活得比較好了，不像當初那麼困頓，因此我覺得他很好。

醒來的時候，我對自己的這個夢非常驚訝，其實在我的記憶中，我從來沒有看見過祖父穿長衫的樣子，更不知道祖父在解放前是喜歡穿白色的長衫的，但是，我竟然就在夢中見到了那樣的祖父，飄逸的，瀟脫的，做少爺時候的祖父。這眞是個奇蹟。

第二天的時候，我把這個夢告訴祖母，祖母說，他們結婚那個時候祖父是喜歡穿白色長衫的，祖父應該就是那樣的，她又問我祖父是不是生活得很好，甚至問我祖父身邊有沒有女人。我想，祖母依然關心著祖父，也依然嫉妒著祖父，即使他們已經分開，分屬兩個不同的世界。

接著，祖母就開始爲我擔心起來，她問：「是你到了他那裡，吃了他給你的東西，還是他到我們這裡，你給他吃東西?」

我說：「是他到我們這裡來。」我說夢的背景是我們這裡。

祖母似乎鬆了一口氣，她說：「他到我們這裡來，是有好夢；如果是你跟他去，就不好了。」我說：「祖母，你不用擔心，我一點兒都沒有感到害怕，相反我心裡感到很好。」

是的，我感覺很好，沒有任何恐怖，我還能證實祖父的狀態的確很好，非常年輕，音容很有感召力。

他以他從未在我面前展示的一面出現在我的夢裡，他用這樣的方式垂青於我，給我安慰。

24 我的心裡裝上了石頭

在這個琳琅滿目的時間的王國裡，任何人都是勤勉的，
他們用勤快的步伐追逐著時間的腳步，
他們彷彿是爲了趕到時間的前面。

我現在處於既是一個人的父親又是一個人的兒子；我的父親，他已經沒有了自己的父親；我的兒子，他還沒有自己的兒子；我就這樣在這中間。我是怎麼來到這個地帶的呢？常常，站在這個巨大的城市的高處，俯瞰著這個城市以及它深處的人群，我在想它給我提供了什麼呢？這種空間上的自由能給我多少時間上的自由呢？我在我的父親之後，又在我的兒子之前——想到這個我該是多麼地絕望啊，我自己心甘情願地產生了我的替代者，我將在他之前離開這個世界，此一點兒我已然被造物主通過我的兒子的出生告知，這是我刻意選擇的嗎？這是我刻意逃避的嗎？誰適宜於居住在這裡呢？在這個時間段落，這

個短暫的不能提前也不能落後的時間段落？

那些熱中於逛街的人，熱中於在城市中行走的人，城市是他們的避難所，而大街上的任何一處拐角都會成爲他們的天堂——只要有商品在他們身後的櫥窗中含情脈脈地注視著他們，然而他們卻實際上最不需要居住，他們最好的居住地在他們移動著的腳上。而誰最不適宜在這個龐然大物中居住呢？那些，喜歡獨處和安靜的人，那些被大商場、大迪廳擊得搖搖欲墜的人，他們將無法在這個城市安身——這些最需要住房和時間的人，他們將在這個到處是房子和時間的地方流離失所。

在這個琳琅滿目的時間的王國裡，任何人都是勤勉的，他們用勤快的步伐追逐著時間的腳步，他們彷彿是爲了趕到時間的前面，然而，他們不能超越他們的父親，也不能滯後於他們的兒子，事實上，他們沒有得到這個機會，他們的腳步在城市中畫出來的只是拜物教的地圖，而不可能是自由的時間之旅。

現在讓我回到那個高處，在記憶中我是被我的父親送到這裡的，最後，我將被我的兒子拋棄在這裡，現在，我離開了我的父親，帶著我的兒子，所有的人都不能將我從這個高處拉下來了，我該履行自己的職責，我該開始想像它，這個城市幽暗的某個過去以及它必然要來臨的變成了廢墟的未來，我想像這些青春著的高樓變成了斷垣殘壁，已經不存在了的我自己在這頹廢主義的風景中哭泣。而我的兒子將是我唯一的紀念。這是午夜，月光將永遠地這樣偏斜，我們將永遠地生活在這樣的午夜，而我是這個城市在午夜時分必然出現的白癡，否則，爲什麼在我的腦中，一切都呈現出廢墟的模樣，而竟然就在這廢墟中痛哭流涕。

到陽臺上抽支菸吧，城市深處的不眠人，我從你憔悴的臉上已經看到了你和這個城市是無法合作的。你離開了你的農村，你逃離了你的出生地，離開了你的父親。那麼，爲什麼不到陽臺上去呢？在那個孤獨的高處，沒有人打攪你，你在這個城市巨大而莊嚴的圖景之外，你的一舉一動都不受這個城市的制約，你是自由的。你和鄉村的父親獲得了親密的聯繫。

離開家的時候，父親和我說：你工作了，我心裡的一塊石頭落下了。一路往蟬城來，一路想父親的話。父親的心裡什麼時候裝了那些石頭？我上大學的時候，父親說過這樣的話；大學畢業，工作了，父親說過這樣的話，結婚的時候父親似乎也說了，在我辭去工作讀碩士和博士期間，父親的石頭似乎又裝上了，那是在不知不覺間裝上去的。父親的人生一路彷彿就在不斷地卸下石頭，他又在不由自主地裝石頭。

有時候我在想，也許我就是這樣一塊石頭，對於父親來說，我是他心中的一塊石頭。現在我的心裡也有石頭。關於妻子，關於兒子的石頭。這樣的石頭到底有多少塊呢？

不清楚，我也會像父親一樣在我的兒子上大學的時候卸一塊，在我兒子畢業的時候卸一塊，在我兒子結婚的時候再卸一塊——這些都是大石頭，其實還要數不清的小石頭。

這些石頭看上去就好像是我的父親傳給我的一樣，我像一個接力選手，從父親的心裡卸下的石頭來到了我的心裡。可這不是父親的石頭：我告訴自己，我的父親絕不希望我像他一樣生活一輩子，可是我卻帶著和他一樣的石頭。這些石頭是怎麼裝載到我的心裡的？

想到父親勸我結婚，想到父親勸我生孩子，想到父親勸我放棄重新讀書攻讀碩士博士學位……這是爲什麼呢？在他的心裡究竟什麼東西主宰著？

就這樣石頭已經裝載到了我的心裡，在我意識到它們的存在之前，它們已經到了那裡，我唯一的可能就是在漫長的生命的路程中，將它們一塊一塊地按部就班地卸掉。

我想問父親：卸掉這些石頭的時候，你覺得輕鬆嗎？看到父親蒼老的背影，我問不出口，即使是輕鬆的，一個蒼老的輕鬆和不輕鬆又有什麼區別嗎？即使有區別，我們去明確它有意義嗎？

我的父親，他是否知道他的兒子在這個世界上的眞實處境？如果他知道，他該爲我絕望，還是無動於衷呢？我能作什麼呢？我的怯懦一覽無餘，我在深深的井底呼喚，大水像黑夜一樣鋪漫而來，我窒息了，誰來拯救我的窒息？我被拋到這個世界上，在深深的井底，和洪水作戰，我被生得像一個孤膽英雄，雖然我並非情願。

我找不到對我自己的感覺。我無法把自己從成千上萬的兒子和父親中區別開來，我找不到自己身上特殊的標記物，我有的別人都有，走在大街上不會有任何人對我多看一眼，有時我非常希望我是一個殘疾人。

一種殘疾將使我與眾不同。

我至今依然不能明白我的母親當初是憑著怎樣的感覺，將我從那些初生的嬰兒中指認出來，她的乳汁為什麼餵養了我而不是其他某個與我一樣的嬰兒。她的乳汁使我一天天長大，我聽到我的肌肉像雨後的蘑菇一樣節節生長，但是我依然不能從人群中認出自己。

我知道人們眼裡的我只是一個幻覺，我只是在堅守這個幻覺，在我的父親心目中的幻覺，在我的兒子心目中的幻覺。

對於我在這個世界的淪陷處境，我守口如瓶，雖然這不是什麼祕密。然而在我的內心深處，我盼望著我的時間警察，在她的面前我將越過一切有形和無形的界限，對我的飢餓祕密處境毫無隱諱，我相信她能指認我，她不把我與那些周圍的事物混為一談，在她的面前我將不是一個幻覺，而是一個扎扎實實的物，就像世界上所有的物一樣扎實可辨，擁有質感和重量，我將像一個眞正的物，有獨特的用處，為獨特的處境所需要，就象一張桌子不會擔心自己會被誤認為椅子一樣，我不再擔心會被誤認，而且作為物我將永不消失，超越於一切人間的時間法則，我沒有父親，也沒有兒子，我是且僅僅是物。

我的祖父，你在天上看著我嗎？你可知道，我的身體需要大地、天空、空氣、陽光、泥土等等一切自然的不加修飾的東西，我對我的現實生活感到不滿。我的祖父，我的靈魂在兒童的挑逗中，在大人們的唾液中，在潮濕的水泥地上早已睡著的時候，我的身體醒著，我的眼睛無法合攏，我的肩膀無法和水泥地面親熱，我的耳朵豎著，我的身體不能適應。請你關心我，讓我安靜些，安靜些，撫摸我的身體，讓我的身體平靜。

我的靈魂如今爲什麼這麼柔嫩，像一片晨露中的葉子，像一根含羞草？親愛的祖父，你在天上看著我嗎？請你帶我飛翔，在時間和空間之外，在大地和雲霓之外，讓我只是飛，在虛無的空中飛吧。

25 妻子和我的情敵柔情似水

現在我的兒子，他已經在妻子的懷裡睡著了，
這樣的童年在一個人的一生中，有多久？
夢中飄著母親的兒歌聲的睡眠在一個人的一生中有多久？

（1）妻子在臥室裡面給兒子唱兒歌，那種輕輕的聲音和檯燈的光線融彙在一起，散發著梔子花的味道，這是一種帶著芳香的聲音，「一擼嘛，兩擼嘛，三擼嘛，竹節開……」它使兒子安穩地進入夢鄉。

可是這兒歌會飄出兒子的夢境，來到他爸爸的生活裡，它是怎樣地影響了他的父親啊？此刻我站在書房的門口，被這種溫婉的聲音揪住了，這種聲音，它揪住我是想去哪裡呢？

它能讓我回到對於我來說已經一去不復返的那個時候，甚至在我的記憶中都已經模糊到不存在的那個時候嗎？彷彿是這樣的，我又回到了那裡，彷彿我正躺在一雙柔軟的手

中，彷彿我又聽到了另一個人的心跳，這個人的心跳我多麼熟悉。

現在我的母親，是在很遠很遠的冷風的北方，她的頭髮已經花白了，她的手上一定已經生了凍瘡，現在她的兒子是在一個陌生的城市裡，已經成了一個父親，這些已經無法挽回了，無論他付出什麼代價，他都無法回到兒歌的芳香中去，那是北方的兒歌，有溫暖的火爐，有堅硬的風在門外棲息的北方的兒歌，一種和爐火的劈啪聲結合在一起，和冷風棲息時的輕輕的呢喃聲結合在一起的兒歌，和湛藍湛藍的天上的星星以及白雪的大地結合在一起的聲音——什麼聲音能讓人如此感動？

現在我的兒子，他已經在妻子的懷裡睡著了，這樣的童年在一個人的一生中，有多久？夢中飄著母親的兒歌聲的睡眠在一個人的一生中有多久？

什麼時候開始失眠？什麼時候開始歎息？什麼時候那兒歌的聲音就從我們的耳邊，從我們的記憶裡消失了。這個時刻它又爲什麼突然出現在我的生活中？它以另一種方式出現，卻又讓人感到那麼地熟悉。

（2）小時候個子小，我總是處於向上看的位置。坐在教室裡看老師在黑板上板書自然是向上看，看個子高一點的同學玩「擺子」也是向上看，就是上廁所爲了能吸一點所外空氣也要盡力仰臉向那高高在上的窗戶看……所以在其他人的眼裡也許我就是該仰視別人的吧，有一次我們全班的同學乘車出遊，——現在那次出遊是去哪兒我已經不記得了，記得的只是坐車排位置，我的老師讓全班的同學都坐在椅子上，而輪到我時，就只剩一隻木板凳擺在車門口的過道裡，春遊一路我們拉歌一路，我們所有的同學都斜躺在座椅上，他們的眼光越過我的頭頂指向遙遠的前方，而我呢？在我的木板凳上，因爲沒有靠背只好一路佝僂著腰，又因爲我的老師總是在拉歌的時候揮舞他的大手，而我又總是有一種不祥的預感：一旦我的眼睛離開那雙大手，它們就會毫不猶豫地拍到我的腦袋上來，整整一路我就這樣仰視著它們，努力防治它們對我的侵害。

那種「向上看」的經歷對我造成了怎樣的影響，我不得而知。但是我直到上了大學依然習慣於「向上看」確實是不爭的事實。大學的時候我的個子出其不意地高了起來，以至上體育課的時候，如果全班排四隊，我可以排在正數第三了，在我的下手有甲乙丙丁六、七號人，可是我和他們談話的時候依然是一副仰視的模樣，我的視線總是從他們頭頂的天空中穿過不能正點地落在他們的額頭上，這使他們大爲惱火，他們認爲我目中無人。面對這種異口同聲的指責，我不能無動於衷，我開始練習向下看。

那時因爲年輕，總是對這不滿，對那不屑，我的父親適時地指導了我，他說比上不足比下有餘就可以了。從此，我父親的指教成了我「向下看」和「向上看」的法寶。在許多時候我開始著意使用「向下看」。比如爬山，如果抬頭向上看，看到頭頂上我的同事們遙遙領先，我便立即轉換視角「向下看」，如果在下面正好看到我的一個同事，匆匆而來，我便鞏固了閑庭信步的信心，我對我自己說：向下看幾眼，向下看幾眼吧。

當然眞正讓我學會向下看的是我的兒子。他小小的身子站在你的面前，你不得不向下看，現在我不僅學會了低頭向下看，還學會了彎腰向下看。比如削一只蘋果給兒子，從一筐蘋果中我挑出那個最大、最紅、最香的，我一邊仔細地削著它，一邊忍受著滋滋流淌的口水，然後我依依不捨然而卻是無比虔敬地將它遞給兒子，現在我的兒子在我的低頭「向下看」的注視中吃著他的蘋果，突然他一甩手將吃了一半的蘋果扔到了地上，這時我會像一隻飢餓的猴子一樣彎腰「向下看」，我四處逡巡終於在電視機的旮旯裡找到了那半隻蘋果，我越身過去，一把拾起來——在我兒子好奇地「向上看」中我將把它吃個精光。

現在我天天在「向下看」中生活，西洋的餘暉灑在兒子的頭髮上，他在傍晚的光線中奔跑著，他不知道他的身後跟著一雙「向下看」的目光，這雙目光曾經那樣習慣於「向上看」，而現在爲了他小小的身影這目光已經很少「向上看」了。

有一天我的兒子突然會長大，大到我必須「向上看」才能看到他，那時對他佝僂著腰的父親，他將不得已而採用「向下看」的方法，那時在他「向下看」的目光中他的父親會是什麼樣子？

（3）懷孕的時候妻子最大的擔心是兒子是否聰明，是否有「天賦」，直到兒子落地，甚至直到現在，我想妻子的這個憂慮依然存在著。而我呢？我最希望於兒子的品格是什麼呢？我寄希望於我的兒子的不是聰明，甚至也不是健康，是感受歡樂的能力，一種心靈的力量。爲此，我願意我的兒子稍微地笨一些。

笨一些又有何妨？有的人做偉大的發明家，他們是世界上最聰明的人了吧，例如愛因斯坦，但是他幸福嗎？愛因斯坦的個人生活恰恰是不幸福的。有的人希望自己的兒子是個有組織才能的人，當一個可以主宰自己進而主宰他人命運的人，我對此不敢苟同，希特勒是有組織天賦的了，可是，他的天賦對這個世界有益嗎？進而，他的天賦對自己有益嗎？他的天賦給予他的只是一個自殺的結局而已。

我從來不對我的兒子說：「你將來要做一個將軍」，「你將來要做一個作家」一類的話。我想對兒子這樣說是可恥的，這個世界上，有多少人在未來可以預見的時間裡能讓自己成爲傑出的人呢？大概千分之一吧？要他出人頭地，對自己的孩子提出千分子一的人才能達到的要求，難道不是可恥的嗎？有些人以社會競爭壓力大爲藉口，要求孩子傑出一點兒，再傑出一點兒。這是不對的，所有的人都只願意做那個傑出的，那麼那個襯托傑出者的大眾誰來做呢？

我寄希望於孩子的是什麼呢？快樂一些，再快樂一些，做個快樂的大眾。遲早，我們這個社會的評判體系，會轉變到眞正的最人道的方向上來，它不是以一個人對社會的貢獻能力來評判一個人的價値，它不會因爲一個人是弱智需要社會的救助就將他開除出社會，就對他的人格嗤之以鼻，也不會因爲這個人是科學家就覺得這個人高人一等，對他的人格無限景仰。它尊敬一個人僅僅因爲這個人是一個正直的、力所能及地工作著的人，它鄙視一個人不會因爲這個人是垃圾工或者是養老院裡的老人，而是因爲這個人靈魂的卑污、行爲卑鄙。

我無中生有地創造了我的兒子，不是爲了他成爲什麼傑出的人，當然他如果有這個天賦，我也會爲此高興，但是我的目的是使他成爲一個快樂的人，他輕鬆地、陽光地活著，一如大地上的植物般歡快地生長，如果，他眞的活得非常舒心，那麼我將感到我的責任已經完成了。他注定是我的替代者，他將見證我的從有到無，但是我對此心甘情願，因爲，他活得非常幸福，有什麼能比這一點兒更重要？

然而，人們的誤解是何其地深呢？人們以爲只要得到了自己想得到的東西，快樂和幸福就會自然地得到，人們以爲自己成功了，有了錢，有了地位，有了創造發明……總之在這個世界上佔有的虛與實的東西越多就越幸福，其實這是不正確的。領受歡樂的能力，感受幸福的能力，不是先天的，而是需要用我們的人格加以鍛造的。而恰恰是在這一點上，我爲我的兒子感到深深地憂傷，四歲的他常常會說「我不快活」。

爲什麼呢？我的兒子，我如何教會你感到快活呢？

（4）因爲分居，又或許是因爲沒有自己的屋子吧，家的概念在我的腦海裡總也是抽象的，家就是那個時時縈繞的思念，就是妻子的信，每周一，妻子的信總會靜靜地等待在我的信箱裡，掏出鑰匙，打開信箱就彷彿打開家門，信箱是我能見到愛神的地方。再後來，妻子生了寶寶，忙碌起來，寫信就少了。

現在我的家在電話裡，在電話裡我的妻正和我的那個小情敵一起生活著，拿起聽筒，開門的鑰匙是一串長長的號碼，一口氣撥出那十一個數位，妻就會在電話線的那一頭聽到我摁門鈴的聲音，會用左手來開門，而寶寶就抱在她的右手上，我會同時見到他們兩個。這樣我的小小的電話中的家就落成了，不過我的小情敵反對我的主宰，他不願長時間地以一種姿勢被妻子抱著，他對電話中的家毫無興趣，妻只好放下話筒。這時家的門就砰的一聲關上了，我在門外，我的妻子和我的小情敵在門裡。

直到如今，對於我的小情敵是如何無中生有地來到這個世界，又是如何大搖大擺地睡在本屬於我的地方，在過去的十二個月的時間裡他又是如何可以那麼迅速地長大了三倍等等一系列問題我依然感到困惑不解，僅僅是在一年前，當我從產房裡抱出他時他是那麼弱小，他的弱小使我覺得僅僅爲了聽一聽他的鼻息，就應該停住整個世界的運轉讓整個世界都安靜下來。而現在他已經可以扶著床沿站起來，在妻子的視覺裡他是世界上最美的事物或者說他就是整個世界，在妻子的聽覺裡他的聲音已經蓋過了一切，他一個輕輕的翻身就能將她從睡夢中驚醒。

假期來臨，當我出現在他們身邊，對我這個陌生人的介入，他起先是驚訝和好奇，然後是漠視，對於他的不理不睬，我只得小心翼翼，我發現我的地位岌岌可危（即使我的名字叫爸爸），我的唯一的光明出路是小心翼翼討其歡心，這個過程漫長而艱辛，以至於當他對我展顏而笑，我竟感到受寵若驚。

現在我的電話中的家由我的小情敵主宰，他常常以否定的態度來對待我的叩門聲，以致我不得不選他睡著的時候拿起話筒，在電話的家裡和妻子約會。我想在我的小情敵的睡夢中一定有一個大房子，開著大大的朝南的窗戶的家，透過窗戶可以看到蝴蝶在花叢中翩翩起舞，蒲公英的小傘在湖邊輕輕地飛翔，這個家一定比我的電話中的家更好，不然他怎麼會反對我電話中的家呢？

26 人的一生能遇到幾個老師

我的生活經驗告訴我那些所謂的好人是絕對不能信任的，
他們視自己的道德形象爲最高的重點，
爲了保護這個重點，一切都可以犧牲。

她是我們的語文老師，她名字叫楊珍（征？）。那個時候我還在上小學，一次我發燒，頭痛，同學們都到外面玩去了，而我趴在桌子上，什麼事兒都不想幹，這個時候她走了進來，她把手放在我的額頭上，然後問我：「難過嗎？」現在，我依然能眞切地回憶那個時候的情景。

只是她的手的記憶，和那個教室陰暗的背景以及那所學校極端的簡陋極不協調。她的語言和手勢都是有溫度的，這是我第一次對另外一個人的溫度有異樣的感覺，她啓發了我對某種特殊之物的需要。

無一例外，我們這些農村孩子都是羞怯的、沮喪的。面對我們的知青老師，我們的卑怯無以復加，要知道這是多大的距離啊，不可知的城市生活，不可知的紅衛兵袖套，不可知的城裡口音，不可知的時髦裝束，這些都是不可逾越的，然而就在這不可逾越的距離中，我的老師，她用她的手觸摸了我的頭顱，我該多麼感激語文，這是一門人道主義的課程，她將我們美貌的老師帶到了我們的村子裡，將她的手賜予我的額頭，那是一種我們從未領略過的潔淨的美、白皙的美、雍容的美、無所意欲的美、漫不經心的美，此後，這種美在我的腦海中從來沒有褪色過，她主導了我對異性的全部見解。

然而，他的丈夫，一個鄉衛生院的醫生，卻追到了我們校裡，他用力地扯著她的頭髮，用腳踢她，用手掌摑她，開始的時候她在掙扎，接著她無力地癱倒下去，一縷頭髮隨著她倒地的動作飛揚了起來，在風中飛得很高很高，我感覺它是飛過河去了。

我對這一幕的記憶是非常奇怪的，這一幕中竟然沒有聲音，它就像是無聲電影的鏡頭一樣明確、扎實，充滿了動感和光線，但是卻沒有聲音。也許這段記憶的確是沒有聲音的，她在整個過程中始終沒有發出一點兒聲音，她沒有求饒，沒有哭泣，什麼聲音也沒有。此後在我成年以及少年時代的夢中，我多次回到了那個學校，並且在那裡見到了我的絕大多數昔日同學，但是，那一幕再也沒有出現過，關於那一幕的結局我也始終回憶不起來，也許此事是沒有結局的。

此後，村裡的人也許不止一次地看到過一個少年，他手裡攥著一塊石頭，鬼鬼祟祟地跟在他老師的身後，一直跟到老師的家門口，對於他的目的，村裡的人是如何猜測的呢？也許村裡的人什麼也沒有看見。因爲此事眞的就沒有下文了，記憶中斷了。但是，我感到自己是一個蠢貨。我也許什麼都沒幹，我不能做任何事情。也許我們做了，我們埋伏在東岸的番薯地裡，等著醫生從這裡經過，我們舉起木槍，向他瞄準，射擊，我們就這樣將他槍斃了，我們通過這樣的儀式爲我們心中的事件舉行了隆重然而又是隱祕的閉幕式。那個時候，我們還不知道我們的老師就要走了，她就要離開這個地方，我們再也見不到她了。

下半年放過暑假，從懶散和黑色的皮膚中醒過來的我們發現老師消失了，醫生也不見了，他們彷彿消失在了空氣中，彷彿從來也沒有在我們村存在過，我們在村子裡找不到她了，在學校裡找不到她，甚至一切和她有聯繫的事物也都改變了原來的樣子，她刷牙的地方白色的水漬已經長上了綠苔，她曬衣服的木杆在兩個月的時間裡迅速地朽斷了，她住過的宿舍住上了另外一個委瑣的老頭，這些都在掩飾著她存在過的痕跡，儘管她的學生還在——這是她留在我們那個鄉村的唯一遺跡。

後來，我從一所離家更遠的初中畢業，那所初中從來沒有人能考取中專，能夠考取高中的也就是百分之十。每年三百左右的學生畢業，只有三、四十名能夠升到高中去，這是所謂的「戴帽子」中學，「戴帽子」的意思是說這所學校本來只有辦小學的水平，因爲社會就學壓力重，就讓小學戴上一頂帽子——也辦初中。其實教師都是教小學的水平，他們有的自己才是高中，甚至初中畢業。

我畢業於那所學校的時候，那屆竟然破天荒地有七十幾個人考取了高中，其中還有十名考取了縣重點中學的，而我則萬分幸運地考取了中專，轉了戶口，吃上了黃糧。

現在，回想起來，我之所以能有這樣的機會，要感激兩位新來的非常特殊的教師。一位是從鄉中學被踢出來的語文老師，據說他有同性戀的毛病，因爲騷擾男學生而被拘留，進而是陪綁（一種陪同刑事犯人受審或者陪同死刑犯一同赴法場的懲罰——這種刑罰不知道是誰發明的，它讓犯人體驗一次死亡的感覺，以達到威懾犯人的目的，是對犯人採取的精神死刑），我的同學中有人據說看到過他被剃光了頭，五花大綁，胸前掛著一只寫有自己名字的大牌子，名字上還打了大紅叉；另一位也是從鄉中學被驅趕出來的，他教英語，他的美式口音非常優美，據說他的問題是賭博，自從他接手我們班的英語教學之後，我們有一半的同學發現英語原來是世界上最美好的語言，最有趣味的語言（以至於上了中師以後，已經沒有英語課了，我還堅持自學英語，僅僅是因爲對這個老師的回憶在支撐著我學英語而已）。

按照常論，這兩個人都是壞人，而且是極壞的人，但是我卻無比感激他們，作爲一個學生，我在選擇老師方面，寧可選擇有知識，有觀點的「道德敗類」，也不願意選擇沒知識、沒觀點的「高尚好人」。在此後的生活中，我見到了太多沒有自我意識，沒有才識的人，人們對他們的評價只能是「這個人是個好人。」——也就是說除了他是個好人以外他就再也沒有其他優點了。但是人們恰恰喜歡這樣的人，我想過，爲什麼人們喜歡這樣的人呢?因爲這樣的人沒有危險，他們平庸地鬆散地活在自己的身邊，對自己一點兒威脅都沒有，這是平庸的人互相欣賞對方身上的「自己」的最典型的證據，他們不是眞正地在欣賞物件，而是在欣賞從對方身上看到的那個自己——你看，我平庸，你比我還平庸。這是一種中國式的可恥好人，庸碌、委瑣，時刻像袋鼠一樣生活著，他們生活在世界上就是爲了尊崇道德，進而成爲別人的道德法官，中國歷史似乎已經被這種人徹底地主宰了，成了一個萎靡的腐爛的國度。而那些不願意就此萎靡下去的人呢?這個時候我們就會聯想到魯迅對於中國歷史的一個斷語「吃人」，這些人都已經被吃，他們是「歷史」這個大餐桌上的最好美食。

我的生活經驗告訴我那些所謂的好人是絕對不能信任的，他們視自己的道德形象爲最高的重點，爲了保護這個重點，一切都可以犧牲，爲了成全一個孝子的名譽他們可以犧牲自己的親生兒子，他們用親生兒子的生命作爲道德工具都在所不惜，更何況犧牲一個朋友——一切都可能成爲證明他們道德高尚的工具，包括你——這個據說是他的朋友的人。在我的生活里程中，比如在我博士畢業尋找工作的時候，出賣了我的恰恰是那些道貌岸然的正人君子，他們的道德恐怖主義已經徹底地擊垮了一個上進的渴望被世界接受的脆弱的青年，使他失去了對這個世界的最後一點兒信念。

就是那個被陪綁的老師，他第一次教會了我什麼是文學，他讓我寫出了眞正的「作文」，他讓我知道如何深入物的內部用情感的眼睛來觀察世界，進而用自己的語言，而不是他者的語言來表達這種感覺。要知道，我以前的老師從來沒有教會我這些，他們叫我不要用自己的語言，不要用自己的眼睛，不要用自己的感情，總之不要相信自己，而要用從書上學來的語句，用報紙上公式化的故事，用套話、官話，用虛僞的假話來寫作，他們要我寫學雷鋒的故事，要我寫對黃繼光的思念，要我寫爲生產隊裡的老大娘義務勞動，受到了老大娘的教育……就是不要我寫自己的心裡話。而這位老師，他在那個時代，就知道文學是表現自我的，是表達感情的，是人性的，作爲一個鄉村教師，這是非常偉大的，他是我的文學夢想的第一個燈塔，點燃了我內心深處那根感情的弦，此後這根弦一直顫動著，沒有止歇過，甚至此刻我還能感到當初的那種悸動。他說：「你看一只杯子，它被我放在那裡，那上面有我的掌溫，我的指印、唇印，在早晨的光線裡，這會兒它是茶黃色的，在杯口有一道光圈，那是弧形的反射光，它這會兒那麼安靜地待在那裡，但是，它是有生命的，水的熱氣輕輕地蒸發出來，在晨光裡散動著，它是一個等待著你去捧起來，等待著你去喝一口的杯子。」那個時候他正在為我的一篇小作文做眉批，他的習慣是早自習的時候把我們一個個找去，一邊批閱一邊和我們說話，把他的想法說給我們。他就是這樣啓發了我的文學思維。眞是太出色了，就是那麼一刻，我突然獲得了解放，我的腦子裡彷彿有了一種光線，我的封閉的腦海開竅了，此後甚至我還開始了寫詩，在中師的時候我成了一個不大不小的少年詩人。我走上文學的道路和這位老師息息相關。直到今天我的腦海裡依然保持他當初為我描述那只杯子時的情景，杯子靜靜地佇立的早晨的窗檯上，陽光穿透了它使它奕奕生輝，那會兒我開始體會到和物親近所能感受到的巨大的愉悅……

由此我想到曹操的〈招賢令〉，他是那麼清醒，他說：「如果只任用廉潔之士，齊桓公就不可能稱霸？」「如果不是魏無知的推薦，背著叔嫂私通的陳平，哪裡會有漢王朝的一統天下？」建安十九年十二月，曹操發布命令：「有德行的人不一定能進取功名，進取功名的人不一定都有德行。陳平難道有敦厚的德行？蘇秦難道守信用嗎？但是陳平卻奠定了漢朝的大業，蘇秦扶持弱小的燕國強盛起來。由此看來，士人都有缺點，怎麼能廢棄不用？官員如果明白了這個道理就不會隨便拒絕人才，也就不會有什麼事物是處理不好的了。」但是，僅僅是這樣的道理，在曹操那裡早就把道理說通了的問題，在中國當代卻依然不為人們所理解，不是人們的認識水平低於曹操，而是歷史就是這樣的迴圈的，有一個時期它的智力達到了高點，有一個時期它的智力又降到了低點。

如果這樣看，我們說不定是居住在前三國時期。

當然，我要感激鄉中學，那個時候，所有的入學除了有後門的，都是採用的就近平均法，鄉北半部的學生進鄉中學，南半部的學生進我那所戴帽子初中。於是，出生地成了一個人的命運，生在鄉南半部的人大多數只能在戴帽子初中混畢業文憑，然後回家種地，而生在北半部的學生，他們因爲有機會進入鄉中學，有可能進高中，上大學。表面上看，這種就近入學的方式是非常平等的，但是，骨子裡卻是極端等級制的，而且這種等級制所依據的是一個人先天的他自己根本就無法選擇的出生地，而不是後天的努力，就如同戶口一樣，這是多麼地不公平，對於一個還沒有走向社會，還沒有開始自己前程的兒童，他就這樣僅僅因爲他出生的什麼地方，他的命運就被確定了，這是極端殘忍的——當我還是一個少年，當我看到隊長的兒子背著書包到鄉中學上學去了，是多麼地憂傷，我不恨那個拖著鼻涕的蠢貨，但是我痛恨這其中的不公平。直到現在我依然反對就近入學，這是非常殘忍的不公平現象，可以依據一個人的智力水平來入學，對每一個人進行智力測驗，知識考試，然後分爲三六九等讓他們進入不同的學校，甚至也可以依據他們父母的金錢來入學，父母的賺錢能力至少還有一點是可以自己把握的（雖然在集體主義經濟時代個人把握收入多少的能力幾乎是微乎其微的），但是，絕對不要以出生地、以戶口來決定一個人的命運，這看起來公道，其實太殘忍了——這會鍛造多少像我當初一樣痛苦的靈魂？

我反對在小學和初中採取就近入學的政策。除非每一所學校的教學質量都是一樣的，而這是絕對不可能的，就像人的智力有三六九等一樣，學校的質量一定會有三六九等，問題是如何將高質量的學校分配給那些智商高，有相應的才能，適合接受更進一步的教育，進而在享受了同等教育的基礎上會給社會帶來更多的回報的人。應當用考試或者在萬不得已的時候用金錢來調控入學，這要比就近入學公平得多。

我不知道，爲什麼對於這件事情，人們的認識是那麼混亂？人們從來沒有想過在大學實行就近入學，這樣城市的孩子都可以上大學，而農村的孩子因爲離得遠，就完全不用上大學了。他們知道，上大學的機會要交給那些有潛在素質的學生，因爲他們將爲社會做出更多的貢獻。但是，對於小學和中學，人們就不是如此認識。彷彿每一個學生都應當接受同樣質量的教育，這才叫平等，所以那些所謂的平等主義者就提出要將所有的小學和初中都辦成一個水準的，他們的意思是將智商高的學生和智商低的學生平均起來，讓他們接受一種質量的教育，這才叫公平。而實際的操作中，他們是讓智商高的學生降到智商低的水平上尋求統一。這是何其地荒謬，這對於這個社會來說它損失的不僅僅是高智商的對於社會可能貢獻更多的孩子們的自我意識，更是人們徹底的放棄心理——一切都要平均，個人努力完全是不必要的了。事實上，那個時候，我所在的那個戴帽子初中的同學們大多有這種心態，他們知道自己的命運，知道再用功，再努力也不可能突破這所學校的限制考得比鄉中學的學生更好，他們絕望了，他們在學校混日子，他們的父母對他們也失去了希望，因爲知道他們考不取。這就是所謂就近入學的後果。

我希望我們這個社會能將有限的高質量教學資源分配給那些在智力和意志力、體力上更有潛力，從而，社會也有可能對他們的回報寄予更高期待的孩子們身上，而不是平均地布施於所有的孩子身上——事實上這是做不到的，相反這種平均主義的作法只會導致更多的不公平，更殘忍的歧視。

事實上，從我個人的角度講，我是幸運的，那年我們的戴帽子初中來了兩個從鄉中學被趕出來的教師，他們拯救了我們（我感激那些在道德上有欠缺的人，他們拯救過我），一下子使我們學校的升學率提高了三十個百分點。以至於差不多就要接近鄉中學了，如果不是那年他們來到了我們的戴帽子中學，我的命運會是什麼樣子呢？我會和我的大多數同學一樣在農村且耕且種，因爲繁重的農活，沉重的壓力而淡忘了生活的目的，彷彿自己是一架養家糊口的機器。

每當我看到在街頭踟躕獨行的農民工，每當我看到城裡人對他們那種厭惡的表情，每當我看到電視裡播出他們違法受審的鏡頭，我都會流淚。在美國犯罪率高的是黑人，一個人種，而在中國犯罪率高的則是農民，一個階級。

當然，我的老師中也有所謂「道德高尚」的人，在蘇北的一所師範學校，他的確是我的老師了，他的大公德就是將我摁倒在水裡，我常常被這樣的噩夢驚醒，他說：「你就是天才嗎？告訴你，即使你考取了，你也走不成。」他說：「養條狗還知道汪汪兩聲呢？你就是佛？」是啊！什麼時候我成了他的人，什麼時候那所師範學校成了他的私人財產？什麼時候他已經將我看成是他的私人所有物了？

上帝，我，一個人竟然像是一個物一樣地被他所有了。我不信，我作爲我自己就不是我自己——我不再屬於我自己了？我什麼時候將自己出賣了？然而我是錯的，而他是對的，後來，當我終於可以離開那所師範學校的時候，我被當局告知我必須爲此支付一萬元人才流失費。我必須爲我自己的人身自由支付贖金，自己將自己從我的主人那裡買回來——雖然我從來不知道我是在什麼時候將自己出賣了，我竟然就不是屬於我自己的了，在我來到這裡的路中我已經將自己丟失給我所不知道的神祕者，它是誰呢？爲什麼它的職業是專事收購別人的自由呢？爲什麼它這麼痛恨別人的自由？

由此，我想到恩師王兆鵬先生對我的幫助，恩師曾華鵬先生對我的幫助。他們都是眞正的人，他們幫助我獲得自由，不論是在精神上還是人身上，他們知道幫助一個人自由才是眞正的幫助。他們的寬容和仁德讓我感佩，他們的偉大的靈魂對我永遠是一種感召。如果說今天我依然對學術保持著某種道義上的信念，如果說我今天依然保持著爲更爲美好的未來幻覺而工作是値得的，那一定和他們的影響有關。

能夠深刻地認識到這一點的人是如此地少，以至於有的時候，在我們這個國度，反面的情況看起來才是正常的，我們已經到了一種將不自由視爲正常，而將自由視爲不正常的地步，對自由的理解能力以及幻想能力都下降了，這多麼讓人悲傷啊。

在沒有希望的時候，我曾經渴望聖人，我暗自祈禱，我能碰到一個像神明一樣的人，他將我從苦難中召回，讓我在海水的盡頭看到大陸；我也渴望神恩的降臨，我曾經到佛寺燒香許願，以前我對那些爲了一己私利跪倒在神佛面前，痛哭流涕的人是不理解的，直到現在我也還是不能理解，但是我自己卻也曾是其中的一員，我聽到自己內心發出的乞求，這彷佛來自地獄的聲音，讓我感到恐懼，不是因爲我的命運，而是因爲我對這命運的哀求，我的無能爲力。

但是，在沒有光線的時候，我不能乞求，本雅明說：「在這些人身上無止境的腐敗並不是最壞的東西，因爲這些人的內核就具有這樣的特性，由於他們受賄，這就爲人道提供了唯一的一線希望。」在沒有光線的時候，我的光線在哪裡？就在這些人身上。這就是神爲我們這種人打開的恩典之門，如果沒有這樣的恩典，一個平民，他在這個世界將如何生活呢？如果，他是生活在上帝的國裡，在公平和公正裡，那麼他可以依照這些光亮的事物，如果他是生活在沒有光亮的世界裡，他將依靠更爲黑暗的事物——這就是黑暗的國裡上帝的恩典了。我看到魔鬼他拔下了苦役犯的金牙齒，將它們做成項鏈掛在了脖子上，那些滿嘴是血的苦役犯正將臉湊近有光的地方，他們的心中對於魔鬼的感激勝過了對於上帝的渴念。上帝不出現的時候，人們只能乞求魔鬼了。

模範獄警對於犯人來說，意味著什麼呢？而一個受賄的獄警對於犯人來說則可能意味著自由，那麼就讓那些犯人期待一個受賄的獄警。如果我們都是犯人，如果我們面對的事情就是如此，我們還能乞求什麼呢？

我看到他——尊敬的聖人和神，他在我的視線裡，他一刻都沒有被我忽視，——我注視著他，他坐在我的面前，他的衣服，他的聲音，他的喝茶的動作……然而這些有多少和他的本質是同一的呢？從一個人的外表我們能得到多少關於他的內心的資訊？那天我興致勃勃地講了一個晚上，可是在我還沒有講完的時候，他站起身，他說他要走了，他是說他就要去深圳嗎？不，他是說他就要（此刻就要）下班，他不想聽我說話了。原來，整個下午他對我的興趣都是僞裝的，他的沉默使我錯誤地以爲我必須講——對他傾訴，對他乞求，渴望他的同情——這才對得起他，而我的喋喋不休其實是對他的折磨，他終於堅持不住了，他站起了身。一個和我不同的人，一個「另一個人」，他同我坐在一起，可是也許卻正在與我走在反方向的路上：他坐在我的對面，可是，他的腦子裡面卻想的是另一碼事情。他在我的視線裡，可是我卻遺忘了他，我將他的獨立的存在給忽視了——本質上他是另一種人。

——他對我的注視是一種對我進行忽視的方式。

我如何才能站到他的立場上去？他又如何才能站到我的立場上來？他坐在我的對面，他是我的物件，我坐在他的對面，我是他的物件，看起來這種關係是對等的，然而這其中又包含了多少眞正的公平？站到他的立場上去，就是要將我注視他的目光收回來變成他注視我的目光，就是從他那裡看我，看我藐小下去，看我的要求根本就不值得同情，看我根本就不值得幫助，看我是如何地可笑——如果此刻我能坐到他坐的那把椅子上用他的眼光——從他的角度看我？我該對自己有一個清醒的認識了吧？

我的研究生小梁啓發了我，她說我在本質上還是一個北方人，到處尋找朋友和老師、聖人，似乎躲在朋友和聖人的圈子裡才感到安全，時刻渴望著爲朋友兩肋插刀，嗜酒就是一個象徵。

離開酒，也離開期待，在孤獨中忍受生活的煎熬，不要試圖抓住什麼，就像落水的人，如果他抓住了其他人，最終的結果只能是一起亡命，如果他抱著死亡的決心，那麼他對這個世界就是大仁慈了，在水中，升騰的終將升騰，而下降的終將下降，這是不同的道路，下降的不要試圖抓住升騰的。就讓下降成爲永遠的下降。就讓升騰者永遠地升騰，我們各走各的，這樣就眞正地公平了。

初中二年級的時候，班裡組織一部分同學排練話劇，參加全校文藝匯演，我們大家圍繞在老師的周圍，我們熱烈的討論著，老師說：「葛紅兵，你把大家的意見整理一下，我仔細研究一下。」於是我離開熱鬧的人群回到教室，一個人坐在教室裡整理起「大家的意見」來，一直整理到天快黑了，可是當我拿著整整齊齊的文稿到辦公室找偉大老師的時候，他以及他們都已經不在了，他們將我拋棄了。然後我一個人沿著黑暗的巷道回家，在回家的路上我聽到了老師在第二天對我解釋說：「葛紅兵，你昨天到哪裡去了，我們找你怎麼沒找到？」但是第二天，我們的老師並沒有找我，第三天我們的老師還是沒有找我，整理意見的事情他已經忘了，他忘記了一個學生離開了熱鬧著的人群，一個人在孤獨的教室裡整理著「意見」，一直到天黑。現在，他放棄了他的命令，也許他在他的意識裡他一直就沒有發出過這樣的命令。此後文稿一直就停留的我的手中，一直到匯演結束了，一直到我們升三年級了。

是的，殘酷的隔膜在我出生之前就已經存在，和文稿，和停留在我的手中的文稿沒有關係，然而這是一種隔膜，我和我的老師、領導、長輩的隔膜。這是我個人的噩夢——事實上，停留在我的手中的文稿一直出現在我的噩夢中，此後它成了我的噩夢的最重要的道具之一。

一個人的一生，能碰到多少老師？又能碰到多少朋友？

27 像別人一樣生活

讓自己成爲乞討的遊蕩者，時刻都在用自己的自尊心乞討著公衆的意見，
在公衆鄙夷的目光中獲得公衆的支援，
然後活下去，並且活在大衆的心臟裡。

我的妻子總是問我，別人都這樣，你爲什麼不能這樣？

是的，我自己也說不清楚是爲了什麼？可是我想反過來問：「爲什麼別人這樣，我就得這樣？」這個國度裡，難道人們只能用一種方式生活？難道生活的出路就只是模仿嗎？只有模仿別人活著的人才能得到幸福嗎？所有的人都消失了個性，他們的生活方式一模一樣，他們的思想方式一模一樣？這個世界眞的就有意思嗎？如果我允許別人按照他自己的方式生活，那麼是否別人願意我也有一點兒自己的選擇呢？

電視裡那些接受採訪的人是多麼地可恥，他已經不會自己說話了，他們說出來的都是

別人說過的話，人云亦云已經成了他們必須的生存狀態？是誰剝奪了他們思想的能力？是誰剝奪了他們說自己的話的能力？爲什麼，人們都在說著一樣的話，那些人形鸚鵡是怎麼被培養出來的？（你看，他在說「我們的生活好多了」，他一出口說的就是「我們」，他已經不會說「我」了，他會說「我」的生活怎麼樣了嗎？）

鸚鵡、鸚鵡、可恥的鸚鵡們。牠們幸福地活著（而一個不願意做鸚鵡的人將會得到什麼樣的下場）？牠們生活在籠子裡卻將籠子當成了自由的天堂；牠們生活在別人的豢養裡，卻將人的豢養當成了神的恩寵。牠們張開了喉嚨放聲大叫，自己以爲得計，卻不知道主人根本就不是在聽牠們的思想，而是在聽牠們的聒噪。這些可愛的鸚鵡，牠們善良而愚蠢地活著，愚蠢而可悲的活著，可悲而幸福地活著。

牠們在不停地說話，可是因爲人的訓練，牠們實際上已經忘記了自己作爲鳥的語言，牠們模仿人的方式說話，牠們自己以爲正在用一種高級的方式說話，牠們不知道牠們這個時候已經徹底地中計了，作爲鳥的鸚鵡已經死去了，而作爲人的鸚鵡卻永遠也不會得到人的認可，牠們永遠只能是人的玩偶。牠們說人的語言越多，就越是死得徹底，越是成爲玩偶，玩偶化得乾淨。

然而，必須妥協，動物必須和飼養員妥協，學生必須和老師妥協，臣民必須和政治家妥協，樹木必須和土壤妥協，嘴巴必須和牙齒妥協，朋友必須和朋友妥協，丈夫必須和老和婆妥協，嫖客必須和妓女妥協，職員必須和主管妥協，病人必須和護士妥協，瞎子必須和拐杖妥協，小偷必須和警察妥協，通姦者必須和良心妥協，自由作家必須和貧窮妥協。必須放棄自己的行動、意見、語言、肉體。

讓自己成爲公眾意見的執行器官，讓自己成爲商品、政見、貨幣、交易、合同、友誼、忠誠、背叛等等關係的盟友，讓自己成爲和課桌、辦公室、握手、紅酒杯、調情的盟友。

讓自己成爲乞討的遊蕩者，時刻都在用自己的自尊心乞討著公眾的意見，在公眾鄙夷的目光中獲得公眾的支援，然後活下去，並且活在大眾的心臟裡。

讓自己成爲一個退役的軍人，他離開了炮火，離開了軍隊，離開了號角，但是他依然在精神上保持著軍人的作風，他時刻等待著別人的命令，時刻渴望著服從，「請首長下命令」，「請首長指示」，除此，我們不能行動。這才是我們在這個世界的本質——退役軍人的本質。

從西安去華山的路上，我、我的師兄、師妹三個人，一路被那輛私人公交車作爲資源賣了三趟，出發的時候，他們說每人只要十塊錢，開出不到一個小時，他們說加五元，師兄和他們論理，那個售票員突然挽起袖子對著我的師兄就是一巴掌。於是我拿出十五元，爲我們三個人補了票，這是妥協；過了一會兒，那輛車停了下來，要我們下車到前面那輛上去，我們集體抗議，但是我們遵從了，並且再次交錢買票，這是妥協；這種情況後來又發生了一次，這次一車人，沒有一個抗議的，似乎換車是合理的，每個人一上那輛新車，就主動地掏錢了，這是妥協。

我們看到了，妥協，第一次最痛苦，就像妓女第一次接客最痛苦；第二次還試圖反抗，依然有些微的難受，就像糾正第二次接客依然會感到一些扭捏；第三次呢？經過前兩次的訓練，我們像狗一樣形成了條件反射，我們覺得原來這才是正常的狀態，我們高高興興地接受了，就如同妓女在接客完畢之後，不僅沒有了痛苦，甚至還會感到慶幸，她興奮地數了嫖資。

第四次呢？想一想如果這個時候我們要求她結束賣笑接客的生涯，她會怎麼反應呢？她會痛苦不堪，她會說你們怎麼這樣不人道不講道義古訓。她會質問你。我用這樣的比方，並沒有看不起妓女的意思，實在我們大多數人都是差不了多少的，至少在這方面是如此。類似妓女式的質問我們在歷史上多少次聽到過？辛亥時期，革命軍剪辮子的時候，那些漢人們痛哭流涕了，他們說這辮子怎麼能剪呢？怎麼能剪呢？大逆不道啊。他們忘記了這辮子僅僅是兩百餘年前滿人強迫他們續上的而已，當初爲了反對留辮子甚至還流過血。太平軍強迫蘇南女子放腳的時候，我們也聽到了哭聲，他們說這小腳是古訓，怎麼能放呢？大逆啊。她們忘記了當初她們的腳本是天然的，美麗的，讓人受用無窮的，但是她們曾幾何時，接受了小腳才美的觀念，對天足——這本來之物——反而充滿了痛恨和恐懼。

這就是妥協的辯證法。它就像海洛因一樣上癮，開始的時候你抽它會感到噁心、嘔吐，接著你會感到難受，一天沒勁，但是一旦你接受了它，你上癮了，沒有了它你就會感到一切都不正常了，你迫切地需要它，就像它本來就是你自己的固有物一樣。

事實也的確如此，妥協作爲一種狀態已經固化在了人類的骨子裡，它已經成了我們生下來就有的固有物，沒有了它我們已經不能生活了，就如同沒有了我們的手腳我們不能生活一樣，妥協在生活中的重要性就如同我們的兄弟，它時刻都陪伴著我們。如果有兩個人發生爭執，這個時候勸架者會說些什麼呢？他會說你們都有錯，你們各自讓讓步不就行了？

這個時候，妥協化身爲勸架者出現在了我們的面前，他充當了一個好人，——爲什麼他是個好人？因爲他不講對錯，他認爲大家都對，但大家又都錯，要達到正確就必須消滅正確，只有在沒有對和錯的區分的時候「正確」才是可能的。妥協出現的地方，就沒有眞理了，它蔑視一切眞理，嘲笑一切捍衛眞理的行爲，它將眞理看成是世界上最可笑的東西，甚至比謬誤還要可笑。這就是妥協，它在中國有一個特殊的辭彙「中庸」，人們認爲自己是個智者的時候，都喜歡將它掛在嘴邊。

「兒子，你吃藥吧，你看爸爸也吃。」我說著自己一仰頭，將一把假想的藥投進了嘴裡，然後大口地喝著水。

「爸爸，你再吃一次，然後我再吃。」兒子說。

「好的，你看爸爸又吃了一次。」我繼續我的表演。

這是多麼溫柔的妥協啊。然而這裡又隱藏著多麼骯髒的教育：「如果我受罪，那麼別人必須也受罪。」兒子正在用這種心態看著我，而我正用自己的行動對兒子說：「如果別人和你一樣受罪，你的受罪就不叫受罪了。」在這裡妥協已經成了一種最常用的教育手段。在這種教育之下，我們對妥協的理解是如何地讓人感到悲觀啊。

我常常聽朋友們這樣安慰別人：「算了，算了，大家還不都是一樣。」在這裡，彷彿大家都在受罪成了這個人必然也受罪的理由。這是一個這樣的國度：每一個人都向著下方妥協，如果他自己正在受罪，他就看是否大家都在和他一樣受罪，如果他看不到別人在受罪也看不到自己不受罪的可能性，他就拉身邊的人一把，把他拉下來，和自己一起受罪。例如，他感到自己是個奴隸，正在受別人的奴役，他就看自己的身邊是不是也有這樣的奴隸，如果有他就感到心安理得了，只要坐穩了奴隸的位置，他就滿足了，如果自己的身邊沒有做奴隸的人，他就感到一絲不平衡，這個時候，他就掐一把主人的小孩，或者對著主人家的神龕吐一口唾沫，總之，他的行動以自己獲得心理上的滿足爲極限，他不會想「我的命運是合理的嗎？我怎樣才能改變自己的命運？」

而這竟然已經成了中國人的民族性格。

中國人長於思想妥協，中國哲學在這方面有一個傳統辭彙叫中庸——在中國極高明的人都是循中庸之道而行事的。就如同甲殼蟲，當它伸出觸鬚想吃菜葉的時候，你只要用木棍捅它一下，它就立即縮回去了，這在甲殼蟲我們說它的行爲是因爲恐懼而產生的條件反射，而在中國人他的行爲則被說成是「極高明而道中庸」。當然這和他們沒有個人生存空間有關係，因爲沒有機會自己掙錢，他的工資必須仰賴於那個叫作領導的人，因爲沒有機會自由地選擇自己的生存方式，他的生存空間必須仰賴那個叫領導的人的恩賜，這種情況下他怎麼能不以領導的意志爲自己的意志呢？如果他的意志和領導的意志發生了衝突，他怎麼解決這個衝突？他將選擇中庸，他告訴自己大家都是如此，自己也應當如此，這就是妥協，向著領導妥協在這裡巧妙地轉換成了向著大眾妥協（儘管這個大眾生活得並不愜意），進而完成了一種心理上的自我診療。

這種情況下一個人，他是以沒有美德作爲自己美德的。對於那個高高地站在高處的領導來說，他只是一個工具，他如果憑藉自己的良知的判斷來行事，如果依靠自己的理智的決斷來行事，那麼那個領導會對他有什麼看法呢？他會覺得這個人難以調教，沒有服從意識。在這種體制之中，一個人之所以被需要，不是因爲他是一個有意識，有道德的個體，而是一個守紀律、懂服從的工具。作爲工具，他該如何呢？妥協，放棄自己，克服自己，讓自己像個器官，比如手臂、嘴巴；或者讓自己像個機器。這些天看奧運會新聞，從報導語言我們可以感到新聞機構關心的只是這個國家得到了幾枚金牌，而誰得到了這枚金牌則是不重要的；大水災的時候，新聞機構有是怎樣表現的呢？大水災中的人們的生活境況，鏡頭中幾乎沒有，這些災民的生活狀況只是作爲領導人訪問時候的背景或者作爲已經改善了以後的對比資料，我們的新聞記者，這些代表了一個時代的思想意志的人，他們對個人的關心實在是非常有限的，或者，他們根本就不關心個人。缺乏關心的個人，被漠視了的那些個人，如何獲得自己心理上的平衡的呢？妥協。

照理說，一個喜歡妥協的國度，人們之間的關係應當更爲融洽，然而事實恰恰相反。在中國妥協不是出於平等個體之間的相互尊重和諒解，而是出於不對等主體之間的屈從。因而在下層平民生活中，這個國家的人民又恰恰是最缺乏妥協意識的。他們遇到問題的時候不是從對等個體的自主、自立、自製、互惠、互利、互諒出發尋求對等實體之間的溝通，而是相反，他們等待那個超主體的出現，他們雙雙準備服從那個超主體，向超主體妥協；而不願意向另一個和他們平等的個體妥協。

由此我想到我九七年提出相對主義批評觀的時候，爲什麼一下子遇到那麼強烈的反對。在這些人的眼裡，相對主義是一種個人主義的意識形態，他們不能接受將個人意識當作終極的，使一切個人的意見都獲得平等權利，進而不承認這個世界存在超主體間性的標準這個想法，對於他們來說眞理來自於超主體，而不是來自平等主體的主體間性，他們不承認每一個主體的思想都受條件制約，因而不可能在人間主線超主體這個事實，而總是在這個世界尋找把個人意識變成思想的超個人意識的可能。如果，他們找不到，他們就在道德和語言上同時垮臺了，他們找不到自己的語言（就如那些在電視中接受採訪時的農民一樣，他們突然之間放棄了自己的日常語言，不由自主地操練起了另一種語言，甚至語法體系也變化了），他們找不到自己可能遵守的道德了，因爲他們的道德不是來自對另外一個和自己平等的主體的尊重，而是來自對一個超主體的屈從。

向一個和自己對等的主體的妥協，向一個平民百姓妥協在這裡被視爲恥辱，平民互相之間只有鬥爭才被視爲美德；向一個高於自己的超主體妥協則被看成是光榮，將自己融化到超主體的精神和氣質中去，成爲他的工具則成了被鼓勵的美德。這裡「個人」這個詞就這樣似乎天生地和卑鄙聯繫起來了，看來沒有什麼比尊重另外一個個人，並準備在利益和思想上和他妥協更讓人難以接受了。文革中爲什麼那麼多人會熱中於彼此批鬥。因爲這些人只願意向他們心目中的唯一的超主體毛主席妥協，他們居住在毛主席的精神裡感到經過這種思想的洗禮自己也昇華和聖化了，怎麼表明自己已經聖化和昇華了呢？鬥爭，只有和別人鬥爭才能表明這一點。因爲自己已經昇華和聖化，他不再準備以一個平等主體的身分和別人對話，他時刻居高臨下，監視著別的個體，時刻準備做你死我活的決不妥協的鬥爭。

如果個體之間學會了互相妥協（允許對方和自己不一樣，有各種各樣的精神的、利害的、方式的選擇），那麼和平、溫愛的社會環境就能夠自我造就。一、人們對超主體的需求以及膜拜會降低，超主體的存在必然地和平等個體之間處於爭端之中需要仲裁聯繫在一起，如果平等個體之間通過溝通自己就能夠獲得妥協的相處方案，那麼超主體的存在就不那麼重要了，因爲人們再也不需要仰賴超主體的神聖意志的蔭蔽而在爭端中獲勝了。二、個體的自由會大大增加，個體和個體之間妥協的結果不是自由的減少而是自由的增加，相反個體和個體之間不妥協的結果就只能是個體和個體之間的互相監視，互相揭發，互相批鬥，進而任何個體都處於岌岌可危之中，這樣的社會除了那個超主體是自由的，其他的個體都是不自由的。三、道德的處境會得到極大地改善，道德的根據不再來源於那個唯一的超主體，而是來源於各個個體之間的妥協，那麼只向超主體負責的道德意識就會轉化爲向身邊每一個個體負責的責任意識，在這種意識之下，人們行事就有可能不僅僅是處於完成那個超主體的意志，而有可能是出於自己的良知。四、個體的生存環境將更爲寬鬆，在一個人人都必須爲超主體的訂立的秩序、目標犧牲自己「微不足道」的觀點、個性、良知、見解的社會，人與人之間的關係只能通過鬥爭來維持，這種鬥爭是超主體賴以存在的社會基礎，它需要人們通過彼此之間越來越狠毒的鬥爭來表明自己對超主體的無限忠誠，這樣的社會結構之中，人與人之間的關係只能是通過憎恨、恐懼、敵視這種情感聯繫起來的；相反，人人都必須時刻準備著向另一個個體妥協的社會人與人之間的關係則可能是出於商談、對話、諒解而和平地聯繫起來的，人們之間可能達成對互愛的共識，因爲只有互愛他們才能從彼此關係中獲得最大的需要。

28 除了衰退、頹廢，他們什麼也沒有給自己留下

啊，在這奔跑著的世界上，誰能和金調情，誰能和錢聯姻，誰能天生地懷揣金錢和支票來到這個世界上旅行？

現代人的神是電視機。那個傳統中放神龕，供奉神靈的地方現在讓位給了一個叫電視機的神，它高高在上地佔據著一個家庭中最重要的位置，一到晚上，一家人就圍坐在它的周圍，對它必恭必敬地膜拜數小時，在什麼時代，在什麼樣的宗教中有這樣嚴格和虔誠的膜拜儀式？只有在現代，在大眾的生活中才有。然而，為什麼會出現這種情況呢？人們是怎樣被迫選擇了在家裡進行這種膜拜，眞的是這叫「電視機」的神有如此巨大的吸引力嗎？顯然不是的。這一切完全是因爲貧窮，電視機是相對而言花費最小的娛樂形式，它是窮人的神。

現代社會在不斷地剝奪之中，順帶將人們對娛樂——精神生活——豐富的想像力也帶

走了。在過去的時代，人們的娛樂是多種多樣的，他們互相聚集在一起，講故事，做表演，說書人就這麼誕生了，豐富多彩的民間曲藝就這麼誕生了。在這個過程中，人民，眞正的生活在底層的人民，他們表現了豐富的創造力和想像力，他們創造了完全屬於自己，讓那些統治階級人士，讓那些的學富五車的飽學之士都感到震驚的藝術，這些藝術許多在今天依然是高不可及的範本，新生創造力的源泉。

然而，一夜之間，這些東西都消失了。人們放棄了這些，他們躲在家裡，足不出戶，他們以萬分的虔誠守護著他們的電視機，他們之間的交流就這樣被電視機阻斷了。也許，有的人會說，一起看電視，對於家庭與家庭之間的交往來說的確是減少了，但是家庭內部成員互相待在一起的時間不是增加了嗎？他們之間交往的時間不是變多了嗎？其時，這完全是假象，那些一起坐在電視機前面的人，因爲對電視機的虔誠，他們的心目中就只有電視機了，他們彼此之間完全是盲視的，他們幾乎從不互相交談，他們幾乎從不相互看上一眼，如果這個時候你想跟他們說話，他們對你的聲音將置若罔聞，他們已經被他們的電視機徹底地催眠了。電視機帶給他們一切。那裡是富人們的天堂，在電視機裡他們滿足了到熱帶游泳，去非洲探險，赴挪威滑雪的奢華的娛樂，而對身邊的各種「相形見絀」的娛樂形式嗤之以鼻。

現在，文藝成了一種專門的職業化地製造大眾幻覺的事業，大眾自己不再參與其中，而只是這些東西的消費人。

民間的，眞正民間的藝術創造力枯竭了。窮人就此將他們物質上的貧窮轉化成了精神上的貧窮。如果一個人在電視機前每天泡兩個小時以上的話，那就意味著他已經開始衰退；如果我們用這個標準的話，我們會發現我們身邊四處都充斥著這種衰退的人；他們將本可用於業務上提升的時間（學習新知的時間不斷充實自己提高自己的時間），他們將到戶外鍛鍊以及娛樂的時間（愛護自己娛樂自己的時間）全部奉獻給了他們的神，他們還給自己留下了什麼呢？除了衰退、頹廢他們什麼也沒有給自己留下。

由此，我想到中國人爲什麼不會出現哥倫布那樣發現新大陸的人。除了統治者鼠目寸光，閉關鎖國，對新異、新奇、新鮮事物（相對說來這些新東西要難以控制一些）的神經質的恐懼，對人民的限制，更重要的原因恐怕是我們的人民性格，他們將自己的一切都貢獻給了異己之物，甚至將自己的精神也貢獻了出去，他們自己什麼也沒有，連逃離的衝動都沒有，這樣的民族能幹什麼奇功偉業呢？即使是新大陸到今天還沒有被西方人發現，我想我們這樣的民族也不會去發現的，他們忙著頹廢已經沒有時間去幹這些了。

感官的貧困。貧窮甚至還涉及到身體感覺。我們是如此地缺乏身體感覺，例如撫摸，這也是一種剝奪，我的朋友劉繼明說：一個時代的壓迫首先是從性開始的。這話眞是沒錯，大學裡一些男生的枕頭邊上竟然放著布娃娃。爲什麼這些男生需要布娃娃？他們的感覺、和異性接觸的感覺已經被剝奪了，布娃娃是這感覺的替代品，這是贗品的觸摸感和接觸感。這是一種感官的赤貧狀態。

當然，這一切也許和錢都有關係。感官已經和金錢系統地聯繫了起來，沙灘上金黃的陽光以及遠處蔚藍的大海，山谷中溫暖的泉水以及蔓延的綠色，這些大自然的恩賜之物現在離貧民越來越遠了，這些貧民的天然財富突然間變成了「資源」，它們被關進了鐵絲網和圍牆，需要用金錢做成的門票，才能打開。擁吻、撫摸、情愛、性愛這些原本是人的天賦之物，現在也已精裝上市，作爲本能的粗糙和質樸被剪除，留下的是精心的設計和裝修，擁吻、撫摸、情愛、性愛這些所有人原始地本原地擁有的事物，現在被分出了等級，成了部分人的特權享用物，另一部分人的匱乏品。

我這樣說並不是因爲我痛恨金錢，相反我熱愛金錢。在我的世界觀裡，用金錢來衡量一個人要比用家庭出身、戶口來衡量一個人進步得多。正是金錢的力量改變了腐朽的封建社會結構。它讓貧寒和低微的人在後天也有機會得到社會的尊敬並且享用貴族才能享用的一切，畢竟賺錢這件事多少是可以由一個人後天來控制的，而血緣和出身地卻是一個人永遠也無法選擇的。一個社會對待其成員應當從這個人後天的努力開始，而不是從先天的出身開始。

不過儘管如此，錢依然有一個公平的問題。這公平不是說錢本身應當作爲資源被平均地分配給社會成員，而是賺錢的機會作爲公共資源應當被公平地分配給個人。在這裡，工作不僅僅是作爲義務，同時也是作爲權利爲公民所保留的。一個人，他有權利依照自己的自由意願選擇認爲在能力和報酬上適合自己水平的職業，也就是說社會上一切工作機會都應當公平地爲大眾平等地分享，它應當是公開的、開放的。如果說對賺錢機會的控制，就是對人類生活本身的控制。那麼也許我們應當說這種控制越少越好，它應當以公開和開放爲原則，也以公開和開放爲限度，控制不應當超越對公開和開放本身的監控，否則就是多餘的。

從這個意義上說貧窮的確正折磨著我們，但是貧窮不是來自金錢的缺乏本身，現時代，貧窮對於貧窮者來說本身並不構成傷害和折磨的主要來源，構成折磨的是擺脫貧窮的機會並沒有被公平地分施於他們的頭上，貧窮者往往在這一機會的享有上處於劣勢，這才是眞正的折磨。

當然，現實的生活中貧窮是非常具體的。當你邀請一個朋友吃飯，突然發現你走進的這家飯店超越了你的支付能力；當你帶著孩子來到玩具櫃檯，當他指著一件玩具說爸爸我要而你卻為此心疼不已的時候；當你和一大堆人上街，你發現你不能為這一群人支付哪怕是一頓咖啡的時候；當你瑟縮著假裝沒有看到侍者遞過來的帳單；你的貧窮就赤裸裸地來到了你的生活中，它向你的自尊心，向你的自信心，向你的朋友和親人揭示你窮困的眞相。

在的士車上，你總是抬頭瞭望前方，渴望目的地儘快地出現在眼前，計程器每一次跳動都帶動著你的神經，三十元以上，你的心跳就開始加快了，對於那只小小的計程器你恐懼得像一隻老鼠，最後你忍無可忍，在一個不知名的地方將自己從的士中拋下來，你大聲說這就是你的目的地，你高傲的目的地是無名的，是的士所不能到達的。現在，你終於解放了，你從「貧窮」中解放了自己，終於又可以坦然地像一個眞正的人一樣地大踏步向你的目的地進發了，你像軍人拉鏈一樣地走在通往目的地的道路上，心中充滿了對大地的親切之情。是的，你不能抬頭，頭上是高架道路，那裡是的士們的天堂，它們如火如荼的飛行是你所不能接受的，你所接受的是大地以及在大地上行走的雙腿和公車。

在餐館裡，你對那些昂貴的菜總是嗤之以鼻，你像沒有看到它們一樣地忽略它們，在它們的間隙中尋找著符合你的食品標準的菜，你對你的朋友說，你的標準是清淡和純淨，蔬菜是你的最愛，而以混合原料加上煎、炒、烹、炸混合工序製作出來的食物是你所厭，你還是動物保護主義者，除了豬，其他動物你都保護，你拿下眼鏡，一邊擦著鏡片一邊說：「鴿翅應當是鴿子的飛行器官，鴨腿應該是鴨子的走路器官，這些都不應當擺到人類的餐桌上，人類有什麼權利那樣對待一隻鴿子和一隻鴨子呢。」你的朋友連連稱是，然而貧窮正在你的餐桌上開花，你的餐桌上的確擁有一種高傲的食品：貧窮，這是你對朋友的最好的招待。

在大街上，在各色各樣商品的注目之中，你落荒而逃，你說你不喜歡逛街，你說你不喜歡，然而你分明地讀懂了商品們對你的蔑視，他們高高在上，他們有人緣，甚至連你的妻子都是他們的盟友。在華聯百貨你拿起一件一千元的西裝穿到了身上，它輕輕地體貼著你的肌膚，是那麼地溫柔，簡直就是爲你訂製，這個時候營業員走了過來，她彬彬有禮地告訴你這件西裝價值一萬元而不是一千元。你呢？你的反應是什麼呢？你說世界上怎麼會有如此忝不知恥的服裝，你發現這件西裝嗜錢如命，這讓你這樣的文人雅士不能接受，你說你不能接受，然後轉身離去。營業員依然彬彬有禮地注視著你，她拱手目送你下樓，這個時候你不敢回頭，你徑直地走下樓去，不敢回頭望那眼睛，你知道那眼睛正用她彬彬有禮的眼神在你的背上寫字，那兩個字是：貧窮。

貧窮困擾著你。但是你不承認，「骯髒的金錢」困擾著你，你和它不能和平共處，你們的「五項原則」不起作用，永遠地不起作用。

啊，在這奔跑著的世界上，誰能和金調情，誰能和錢聯姻，誰能天生地懷揣金錢和文票來到這個世界上旅行？看哪，多少人正奔跑在金錢的道路上！看哪，多少人正被金錢的力量壓彎了腰！看哪，又有多少人正因懷揣金錢而讓頭顱高仰！

29 我與你

北方太冷了，冷得讓人失去了信念。
等待的信念，期盼的信念，沒有電話，沒有交談，
信念，多麼讓人絕望。

那天，你說你就要移民了，這是在網上，你不能看到我的眼睛，已經噙滿淚水的眼睛，而我，卻已經看到了你寫滿哀傷的眼神。

就像那天，我關上你的車門，然後哼著小曲回家，可是，在我七樓的視線裡，你的車一直靜靜地泊著。

你以爲你的悲傷只有你自己知道，你不知道有人在七樓看你，他一邊看著你，一邊接你的電話，你說：你已經到家了，你說你已經坐到了床上，你說你就要睡了。然而你在車裡，而車正在樓下……

他就這樣在樓上看著你，直到夜很深了，黑暗徹底地包裹了你，直到你的車發動了，直到尾燈的光線融化在夜幕裡。

親愛的，你知道嗎？在我的心目中你太純粹了，你是那樣地純粹以至於我覺得你就如同空氣會突然從我的身邊飄散，我要知道你的重量和質地，要緊緊地抓住你。我要你的身體在我們的關係中擔當重要的角色，我要你在重量和質地中學會交往，和死亡、中斷、蒸騰、飲泣聯繫在一起的交往。

「該帶什麼呢？」你問。

「帶上你的身體。」

「不！我只帶靈魂。」你答。

你呵呵呵地笑了，笑得身體的每一個部位都在顫動，笑得那麼純粹，那麼沒有遮掩，那麼讓我感動。我聽到了你身體裡悄悄滋長的羞澀的歡樂。

你笑著將一輛又一輛車甩在身後，甩在身後的細雨中，又急忙地進入前面的細雨，彷彿希望細雨能遮擋飛上你臉頰的紅暈。

你說我們該到什麼地方去呢？每一個叉道口你都問我向哪兒開，每一個叉道口我都說向左，向左，再向左。你在我的左面，我要知道「左面」的盡頭是什麼地方。我要一直向著你走，走到退卻的你無路可逃，走到山窮水盡、窮途末路。

後來真的就沒有路了，那是一個湖中半島的盡頭，遠處一抹黛綠的山影和幾隻稀疏的船影還有白塔虹橋，近處是藍色的湖水和水上發光的雨絲，你把座位放下來，半躺著，你的手不經意地搭在古銅色的車檔上，白色的指間閃出碎細的金屬冷光。

你是琢磨不定的，突然間你會變得很冷，我們近在咫尺，然而我又分明感到你在遠處。這是否是命運的暗示？

現在我在這個城市裡，而你呢？是否正從千里之外趕來？你看我們終於又要在一起了，在另一個城市裡。

在我們說好的地方，在北方的一座賓館裡，我看到北方的天黑得很早，四點多就已經黑了，樹梢上只有霜一樣的殘陽，血紅色的，只是一縷。

河邊釣魚的人們早已失去了蹤影，風也似乎悄悄地退隱了。從窗戶上的霜花，我知道外面的空氣非常寒冷，我想像你和你的車正暴露在那樣的寒冷中。

然而，時間流逝，一個個暗夜接著來臨，那些釣魚的人來了又走了，留下清冷的河流在黑暗中閃著寒光。

北方太冷了，冷得讓人失去了信念。等待的信念，期盼的信念，沒有電話，沒有交談，信念，多麼讓人絕望。

燒玉米稭稈的味道和北方蕭瑟的蒼穹下星星點點的村莊，這些讓你有些感傷，只有發動機馬達的聲音，陪伴著你。你從菸盒裡抽出一支香菸，黑暗中一點薪紅照亮了你的臉。你路過一處又一處停車場，許多人向你招手，但是你沒有停，你飛快地從這些亮著燈光的地方駛過，快速地沒入北方的黑夜。只有你自己知道你要趕往哪裡。

然而，這些是我事後才知道的，你趕得太急了，而我卻已經離開，你說，服務員告訴你我剛剛結帳離開，你淚如泉湧，奔上樓，打開我住過的房間。

你知道我所乘坐的火車正駛往南方，你知道我正懷揣著我那不可知的命運離你越來越遠，而你對此無能爲力。

那年冬天，火車上放的歌是齊秦：「淒厲的北風吹過」，「淒厲的北風吹過」，「淒厲的北風吹過……。」那一年南方街頭的樹特別蔥蘢，但是，南方太遠了，太遠了，我怎麼去得了那麼遠的地方？

那天你喝醉了，我問，你是開車來的嗎？你說開的。然後呵呵呵地笑個不停，胸脯向前挺，頭向後仰，肆無忌憚，像是吃錯了藥；我問，你開車不危險嗎？你說不危險。還是笑；我問，喝水嗎？你說不喝，又笑；我說，那你一定也不想吃水果？你說想吃的，繼續笑；我說你一定特別想笑，你說那我不笑了。

城市深處的熔漿就在那一刻開始湧動，疼痛的更加疼痛，黯淡的更加黯淡，偶然的更加偶然，罪感的更加罪感。極遠處火車和鐵軌撞擊的聲音呢喃著事物親密接觸時的隱祕，秋蟲的鳴叫和喧譁像肌膚上劃過的清涼的感覺，這是午後，拍被子的聲音，樹葉在陽光下搖動的聲音，湖裡水流拍岸的聲音。漸漸地遠，也漸漸地近了，距離的遠近變得模糊，距離的親疏也變得模糊。

你盡量地舒展著自己的手臂、腿腳和頭顱，每一個細微部分都被那戰慄把握著：乳房的形狀、肋骨的形狀、大腿的形狀都是飛揚的，彷彿是向天空升騰的羽毛，又彷彿是向大地墜落的葉子，隱祕的敞開了，躲藏的顯露了，渴望的更加直接，擺脫的更加勇敢。

我知道這戰慄完全是身體的。身體，帶著她原始的隱祕向我們綻露出來，她正從「愛情」、「熱情」中掙脫著、蟬蛻著。我知道，她來得很慢，火在你的體內湧動，但外表上她沒有表現出來。風緩緩地撫摩著她，一遍又一遍地親吻她，接近她。你閉上了她外在的眼睛。這個時候那湧動之物漸漸地呈現在她的外表中，接著戰慄來臨。從她的聲音開始，從她有節律的收縮和舒展開始，從她緊緊地緊握開始，一直到她的心臟。那不為人所知的能量以戰慄的形式發生了。戰慄，這從身體的深處收縮著來臨的美征服了我們。在這戰慄中，我們是身體的戰慄的，我們超越了愛和激情。

她飛揚著，像一隻輕靈的鳥，她展開著像一本打開了的書，她游動著像一尾自由的魚。身體，她本然地來到世界，這樣的身體是不需要任何物質依託的，甚至一棵樹，一束花，一片天，一朵雲，一帘紗都不需要，她只是這樣用一種方式給你，只是給你她自己，沒有任何附加物、附屬物，她全然地暴露了她自己，這些都是無條件的，她所需要於你的僅僅是信任，是激賞，是目光的撫摸和親吻。

在愛的關係中，還有什麼比這更讓人感動：沒有任何語言，僅僅是默默地展開。世俗的生活中，我們聽到太多：「我愛你，你愛我嗎？」的詢問，這詢問把愛看成一種交換了，她說：「我愛你，那麼請你回報我以你的愛吧！」這種語言是封閉的，一切都在這種語言中鎖閉了，包括戰慄和美。

另一種愛呢？身體無謂地展開，展開在她的戰慄中。它只是自己在這愛中旋舞著，並無對你的欲望和渴求，它是沒有物件的。

那是大片大片的田野和正在放牧的牛群，那是秋天的黃色花和乾枯的篙草。我們在機場的鐵絲網外，你說：飛機還有一個小時就要飛了。我們在田埂上走著，你說：飛了就不會回來了。我們在機場的門口揮手，你說：如果都有翅膀，就能自由來回。

30 我與他

我非常奇怪，靈魂的存在爲什麼不能同時賦予我們以寧靜自持的本能。

那個時候，我們一起喝酒，常常爲了三塊錢的請客而互相推託、炫耀半天；那個時候他出口就是珠璣，讓我傾慕不已，甚至不惜犧牲自己的人格追隨在他的身後，一點兒也不計較他對我的蔑視；那個時候，我們常常一起出沒在各種各樣的舞會以及英語角，在各種各樣的場合互相唱和。要知道那個時候我連傅柯的名字怎麼寫，德西達的法語發音是怎樣地都不知道，我只是知道一點兒康德、黑格爾、沙特，我靠著背誦黑格爾的《小邏輯》而來到南京，但是，我是多麼地孤陋寡聞，而他呢？他不僅知道這些人而且對這些人如數家珍，簡直就像 是親密朋友一樣。那個時候我們是朋友。然而時過境遷，我們已經有兩三個年頭不聯繫了，儘管眼下的電話是這樣方便，儘管互聯網上發一封信比隔壁喊個話還快，但是我們就是這樣懶得聯繫。現在還有誰記得久遠的友誼呢？

那個時候，我們還有相同的命運和屈辱，我們像知己一樣互相理解。

他有一張闊大而吐沫橫飛的嘴巴，所有的女生和大多數男生都認爲從那裡說出來的話只有一個目的，那就是譁眾取寵。的確，沒有幾個女人的智力能達到他的百分之一，有幾個女人能夠理解他的語言，例如他說：「你是一個存在，而我是一個虛無。」又有多少女人能理解這句話的意思呢？她們的腦袋被這句話弄糊塗了，感到面前這個人是在瞎扯，是個花花腸子。於是，她們在他高談闊論的時候皺眉，轉身對身邊的女伴說：「這個人！眞逗。」

有一次就因爲這個原因，他在一個周末，在8舍的女生宿舍裡發起火來，本來他是想邀個女生和他共度周末的，但是，結果很淒慘，他一腳將那個女生宿舍的房門踹了一個大洞，然後灰溜溜地跑到我的宿舍待了一個晚上。

他的智商和知識遠遠地超過了女生們能理解的範圍，超過得太遠了，這是他的不幸，他總是被女生們打擊得搖來晃去。一個男人不能比女人的智商低，智商低的男人是讓女人看不起的，但是也不能比她們太高，智商比她們高太多的男人也是讓她們看不起的；女人沒有眞正的崇拜感，她們沒有敬畏她們所不能理解的龐大而崇高的事物的能力，對偉大之物的理解她們一般僅僅限於眼前。

但是更不幸的是他離不開女生，所以他一次又一次地自取其辱，一次又一次地在屈辱中百折不撓。看起來，他原諒那些女生的機會特別多，他顯得那麼大度，總是忘記那些嘲諷、蔑視，重新來到女生樓的樓下。

他憤憤地說：女人實在是沒有什麼意思的，她們只是想佔有一個人，然後也被這個人佔有。一旦伎倆得逞，她們就沾沾自喜，她們用拒絕別人來證明自己已經被人佔有了。

這個時候往往是他受了什麼傷。

他自告奮勇地說：她們總是不願意承認兩性交往中的情欲，而實際上她們正是情欲的奴隸，她們最容易受情欲的左右。我只懂得情欲。這是正常的，健康的。愛情是一種疾病。

這個時候往往是我剛剛受了什麼傷。

於是，大多數時候周末是我們兩個人互相安慰。就這樣有兩年，緊緊地聯繫在一起。

我知道，我喜歡他的程度遠遠超過了他喜歡我的程度，因而，我和他的友誼是不對等的，他常常會利用我對他的膜拜折磨我。他喜歡將我說得一無是處，在他的意識裡我是一個時刻處於窺望之中的思想密探。人就是這樣矛盾，不可理喻，他的身邊缺乏崇拜者、理解者，他爲此而感到憤憤不平，但是，當一個眞正的崇拜者出現時他又會感到恐懼，他害怕自己的思想失竊。

他竟然連我都感到恐懼，那麼他對沙特、海德格等等有恐懼嗎？這讓我多少有些懷疑他和這些大師們的關係，要知道眞正敬畏大師的人，就應當是大師們的聖徒，將感召別人走向大師當成自己天然的使命，但是事實似乎相反，我在走向那些大師的旅程上走得越快，越熱切，他就越蔑視我。後來，儘管我越來越多地向他問起那些大師，但是他那裡關於大師們的消息似乎越來越少，我感到大師們的消息被他封鎖了。

不過這不妨礙我依然爲他著迷，他身上有一種野蠻的肉欲的力量，寬大的闊口的鼻子、憂鬱而戲謔的眼睛、僵硬的發捲的頭髮、粗俗的原始的氣味，這些無不讓人感到那裡面隱藏著什麼，這種東西我在城市裡已經許久沒有聞到了，它沁人心脾，有魔鬼般的芳香。

他有魔鬼般的力量，要知道他身上的每一樣器官如果單獨放在什麼地方一定會讓人嘔吐，因爲它們都太醜了，但是，他卻讓它們各得其所地統一了起來，並且獲得了非常好的效果。這種力量，只有上帝或者魔鬼才有。

事實是，他的確是用一種靈魂力量將這些整合起來的，他的魅力來自他的魔法。在鼓樓英語角，他侃侃而談，連我也感到他的形象在他的語言中慢慢地升騰著，他差不多可以是個神了，這個時候那些女孩子們則像受了催眠一樣在他面前搔首弄姿起來，那是一種自然主義的豔舞，這個時候另一個瘦面男人也參加進來，瘦面男人似乎有意和他作對，總是找他的話縫轉移話題，試圖吸引那些正在豔舞的女孩子。這個時候，我的朋友，他突然發作了，他露出了他魔鬼的面目，一腳踢在了瘦面男人的下襠。瘦面男人，這個剛剛還在發騷的男人立即知趣地捂著肚子蹲到了地上。但是瘦面男人同時也一把抓住了他的手腕，任他怎麼甩也甩不掉。後來，我們只好陪瘦面男人去醫院，當我看到瘦面男人紅腫得像香瓜一樣的陰囊，彎曲得像爛黃瓜一樣的陰莖時，我驚訝得說不出話來，他眞是神奇，僅僅一腳就讓這個瘦面男人露出了本相，就讓他永世難忘了。在對瘦面男人進行了人道主義的醫學救治之後，我們又和瘦面男人進行了一番人道主義的精神救治。

更讓人不可思議的是，那個男人第二天就出現在我們的校園裡，手裡還拎著一串香蕉，瘦面男人是來找他的，瘦面男人的計畫是和他一起闖天下，做一個思想家和流氓兼具的人物。瘦面男人太佩服他了，一定要他收下自己。瘦面男人說：請你收下這掛香蕉，同時也將我當成一支香蕉收下，求求你了。

而他呢，他對瘦面男人的無聊請求報以魔鬼般的笑聲，他的笑聲總是那樣龐大鋒利。完全可以化解一個人的自尊。

問題是他不僅僅對瘦面男人使用這種笑聲，他幾乎對所有老師——那些讓我顫抖不止的人——也使用這種笑聲。我的天哪，他的這種自信力來自哪裡？

然而，這並不能阻擋我們向著失敗的命運迅速滑行。在人生的道路上，我們一邊採擷花草，讓它們長在自己的頭頂，一邊又被當成狗屎，天才和狗屎幾乎是一個意思。有時候他會黯然神傷：「讓我好好待一會兒吧。我想把自己當作一個人。」他的意思是說，只要我在你的身邊，你就覺得無法做一個人，只能做一個神或者魔鬼？

他許諾要將他所有的書都送給我，甚至他要送我一個書架，而我則對他無以爲報，我非常希望他能獲得美好的愛情，我爲此奔波了很長時間，依然一無所獲，看來我只有請他吃飯了，儘管我知道，對於他這樣的聖人來說，吃飯是最不齒的。

那天，我正好拿了一筆稿費，算是發了一筆小財，我特地請了一個人專門做飯，爲了使氣氛活躍，我還特地請來了另外一位女士。我希望因爲女士的在場他能神采飛揚，大氣滂沱，口若懸河，要知道，我是多麼地希望看到他快樂啊。他的快樂就是我的快樂，甚至比我的快樂還要重要。原因很簡單，那個時候，我只是在他快樂的精神之中扮演一個純粹的聽者時才能感到自己的快樂。你看我就是這樣地自虐。

然而，一切都是那樣不幸，女孩子總是用性欲來解釋我們的言論，儘管我們一直在討論哲學問題，我們的夸夸其談非但沒有獲得女孩子們的好感，相反讓女孩子們原來對我們的一點兒敬畏也蕩然無存，她們在一頓飯之間就窺破了我們這些博士的虛弱和無聊，我們原來如此空洞，空洞得女孩子昏昏欲睡。那個在夜晚的英語角高談闊論，讓女孩子情不自禁的他，似乎消失在了酒精中。後來我們雙雙醉得不省人事，我們像兩塊抹布一樣被扔在牆角，一直到天亮。

直到現在，我依然不明白，一個高談闊論的人，其人格本質的高蹈和卑污在表現形式上到底有什麼區別。那個女孩子是憑藉什麼來判斷他是一個性欲主義者的呢？而女孩子又爲什麼對有欲望的人如此恐懼。是啊，她們感到了恐懼，她們在怕他，這種恐懼在她們之間傳染，像是互相商量好的一樣以固定的形式發作，讓人琢磨不透。他是個讓人恐懼的人嗎？不是，他那麼脆弱。有一次我感到他流淚了，他粗大的身體掩飾著他嬰兒般的心腸，我想他的外表不是那麼強大，他的智力不是那麼強大就好了。

若干年後，當我逐漸地品味了孤獨的味道，我會不斷地回憶那時我們的相處，無疑我們是朋友，而且是要好的朋友，但是，那個時候我是卑鄙的，和他在一起，我正是用我的平庸和孱弱無意地傷害著他。其實我對他的崇拜都會轉化爲對他的傷害，我終於漸漸地明白了爲什麼他對我的崇拜總是不屑一顧，甚至嗤之以鼻，他用我對他的崇拜作爲武器折磨我的自尊心。

他有一句詩：我脫下褲子，用我的屁股對著太陽做一個鬼臉。

這句詩以它刺激性的語言給我留下了深刻的印象，時過境遷，你看，現在已經若干年過去了，而我依然沒有忘記它，這足可以證明它留給我的印象是多麼深了。現在想起來，他是那種人，不能收穫崇拜，也不能支出崇拜的人。他對老師們的蔑視也許就是出於這個原因。

寫作對於他來說是一個人自己的搏鬥，和身體、和靈魂、和虛無搏鬥，或者乾脆就是一場智力的遊戲，這是他個人的祕密，他不能容許將這個祕密洩露給其他人，也不允許其他人來窺探這祕密，誰要是和他在這一點上發生關係，注定要經受他的折磨。而那些智力低下的女人則大多可以逃脫這一點，那些不願意和他談論這些的女人大多數情形下都可以毫無顧忌地折磨他，而那些和他談論這些的女人也無一例外地將被他折磨。

我想我和他做朋友的唯一問題是，我總是讓他想到寫作，他也總是在我面前大談寫作，而實際上他覺得智力上我們並不對等，從寫作的角度看我，他覺得我只是一個尚待發育的兒童，而他已經是老年。這種「忘年交」對於我們來說都頗爲殘忍，一個覺得他正在無償地奉獻，而另一個並不爲此心生感激。那個時候我的感覺是寫作只是我們聊天的內容，這是我們友誼的象徵之一，爲此在我心中對他的友誼之情暗暗滋長，而感激之情正在消退。是啊，誰會想到要感激一個「朋友」呢？

「朋友」的意思是他爲你做再多的事情你也用不著感激他，而他一旦傷害你，你就必須和他絕交。那個時候我對朋友的理解就是這樣簡單而蠻橫。

我並不是說他的精神境界不高，實際上，在他蠻橫的、放縱的、炫耀的、嬰兒般的外表之下，掩藏著一棵高不可及的靈魂，這個靈魂時刻都在燃燒，有的時候，我感到它在白白地耗散著自己，爲了那些醜陋的老女人，我特別願意爲他張羅美好的女人，雖然並不成功，我想爲了一個美好的女人燃燒自己總還是有價值一些。

我非常奇怪，靈魂的存在爲什麼不能同時賦予我們以寧靜自持的本能。

當然，那個時候我尚沒有能力和他談論這個問題。那個時候我比他更爲淒慘，欲望的冰使我的身體時刻處於顫抖之中，我無法眞正享受靈魂的寧靜所帶來的樂趣。那個時候我裝模作樣地讀莊子只是爲了掩蓋我腦門上明明寫著的好色兩個字。

可是，這又有什麼裨益呢？當我想到這些的時候實際上我們的交往已經結束了許多年，我們的友誼也沒有能夠保持下來。

有的時候我會在影集中四處尋找，希望找到我和他交往的蛛絲馬跡，但總是失望，我和他的交往竟然一張照片都沒有留下來，我和他沒有一起參加過什麼會議——那個時候學術會議除了瞎吹一通，有個好處就是能拿回一堆照料以防年老，也沒有想到要在校園裡留下我們的合影。

就這樣我們的交往和友誼消失在了空氣中，再也無從把捉。有的時候我凝視著我在校園門口照的那些照片，看到那個年輕時代的我，那個留著一頭大頭髮，嘴角做出剛硬表情的人，我設想那個人的身後正站著他的友誼。那個時候我會躺在他的床上等待他從外邊回來，我會一直等到晚上十點多鍾，想到他在外邊花天酒地就感到心如刀絞，我就是這樣小氣，見不得自己朋友高興快活，做我的朋友眞是不幸。但是，這是證據，我想我們是有友誼的。

然而，我又不能肯定，是啊，誰能對一種友誼非常肯定呢？當我們說某某是我們的鐵哥們兒的時候沒準兒這鐵哥們兒正在另一處咖啡館的氤氳之氣中說我們的壞話呢。

但是，我又分明感到我們的友誼是存在過的，儘管它現在已經不存在了。我不爲這種友誼的消潰而感到沮喪。爲已經不存在了的事物而感到沮喪有點兒傻，就如同我不能爲我的祖母、祖父的離世而感到沮喪一樣。不過，這種友誼和那種在小樹林裡隨手可得的愛情畢竟不是一回事，有的時候你可以爲了緩解自己的問題將別人當成自己的工具，就如同在適當的時候你也願意做別人的工具，而且你還會爲此而感到愉快，你覺得幫助了別人。但是，友誼不是這回事，除非你從來就將它當成是幻覺。

你會不時地懷念它，隨著你的蒼老，這種懷念的題材會越來越多，這種懷念的機會也會越來越多。也許這並不說明你更加人性，只是說明你老了，但是，它是實實在在地發生在我們的生命裡的，這種懷念我們無法克服。

有的人在這個世界一下子就會找到自己的位置，他知道自己想要什麼，想成爲什麼，他如魚得水，而有些人一輩子都會漂泊不止，他們永遠也找不到自己的位置，找不到自己的目的，有的時候連自己也找不著。我想我之所以還在深深地懷念那些和他相處的時光，主要是因爲我如今沒有找到自己，我依然在這個世界漂泊，我需要從回憶中汲取教訓、靈感、勇氣，來解決我日益緊迫的尋找。他在這個時候出現了。在我記憶的背景上，他是那種和我一樣的找不到自己的人，我們一樣都需要朋友的幫助，我們都在思念那個連我們自己都不知道的地方，永遠會爲一個不知道的地方而著迷。

我知道我是因爲這一點而對他非常著迷，也正是因爲這一點我才能在兩年的時間裡忍受著他的蔑視和他相處下來，我的敏感的自尊心那麼無畏，在他蔑視的風中飄搖了兩年，但是，我們依然是朋友，一路相處了下來。這眞是不容易，一個一直折磨你的人你卻能和他相處得非常好，而一個深深渴望著你的人你卻連逃跑都來不及，有時候這個世上的事就是這麼怪。

青春就這樣零亂而盲目，在友誼、性、迷亂和無謂的爭端中結束，然而我們一生能經歷幾個青春呢？又能有幾個朋友呢？即使朋友很多，上帝又給了我們多少這樣的好日子，讓我們遇見他們？眞正少得可憐。在那個路口，我遇見了他，我們確實曾經是好朋友，雖然後來他去了南方，而我則去了西部，我們失去了聯繫，再後來聯繫了也無甚可說，可是，這又有什麼呢？那個時候我忍受貧窮和屈辱，做著詩歌和哲學的夢想，我們走在陽光慘澹的路上，不知道接著走向哪裡，我們循著自己衝動在路上。

31 結束的時候就是和自己告別

現在，我感到很冷，我要和自己的語言，和自己的身體一起回家，
讓我撿起地上的衣服，將它們包裹起來，
讓我輕輕地將它們掖好，讓我不要驚動它們。

我設想過很多種自殺的方法。譬如吃藥，烈性的藥，據說死的過程很快，但是會讓人很難受，安眠藥則相反，但是，我不喜歡安眠藥那種怯懦的感覺，自殺的眞意是上自己直接面對死亡，選擇死，並且笑著和自己的親人。朋友告別，在睡眠中離去，又有什麼意義呢？又如跳樓，人高高的空中飛翔著，飛翔著，一下子就來到了地面上，在地面上盛開，但是飛翔的奧義是自由地蒸騰，而不是下墜，用這種方式失去自己一定很慘；又例如割腕，想像中的割腕地點是浴室，一汪清水漸漸染成了紅色，人就睡在那紅色裡，這是美的嗎？如果這個時候，你不經意地走進來，你被這一幕驚呆了，你的驚叫聲就成了對這種死亡方式的否定。

對自殺的設想永遠不會有結果。這是學習死亡的方式，在幻想中經歷死亡，死亡就是這樣恐懼，我們可以經歷它，但是永遠不能經驗它，在經歷的末端它總是將我們對它的經驗一同帶走。

誰能在這個世界上永垂不朽呢？我們生下來的那一刻就已經注定了，我們會死，誰也逃避不了。我們所能做的就是在死亡到來之前緊緊地擁抱自己，把它拖得緊些，再緊些，直到深深的嵌入它的內部。古希臘人恐懼魚肉體的易逝，索性拋棄了肉體，但我不，我熱愛這肉體，即使它像風平的紙一樣易碎。我熱愛它內部湧動的血液，熱愛它表面柔軟的溫度，熱愛它青春的激情，如果可能，我願意永遠地居住在這樣的肉體裡。

然而，它正在消逝，而且一去不回。有的時候，我企盼自己的語言，它能再造青春的感覺，能讓消逝的東西再走回來。可是，語言就是這樣徒勞，再美的語言也不能將它挽回。甚至我們的語言，也會被它帶走，帶向沉默。誰能想像，我們的肉體會離開，而我們的語言卻會在這個世界上永存。

現在，我感到很冷，我要和自己的語言，和自己的身體一起回家，讓我撿起地上的衣服，將它們包裹起來，讓我輕輕地將它們掖好，讓我不要驚動它們。這樣我們就可以安全地回家了。

32
跋

這是一個人的語言？如何才能離開這一個人的語言？

我的N種生活

作　　者　葛紅兵
發 行 人　張書銘
社　　長　初安民

責任編輯　黃筱威
校　　對　余淑宜　黃筱威
出　　版　INK印刻出版有限公司
台北縣中和市中正路800號13樓之3
電話：02-22281626
傳真：02-22281598
e-mail：ink.book@msa.hinet.net
法律顧問　現代法律事務所
郭惠吉律師　林春金律師

總 經 銷　成陽出版股份有限公司
訂購電話：02-26688242
訂購傳真：02-26688743
郵政劃撥　19000691　成陽出版股份有限公司
印　　刷　海王印刷事業股份有限公司

出版日期　2002年8月　初版一刷
定　　價　240元
ISBN 986-80425-7-7

國家圖書館出版品預行編目資料

我的N種生活／葛紅兵作. --初版，--臺北縣中和市 ： INK印刻， 2002〔民91〕
面 ；　公分

ISBN　986-80425-7-7(平裝)

857.7　　91012513

INK INK INK INK INK INK
INK INK INK INK INK INK INK
INK INK INK INK INK INK
INK INK INK INK INK INK INK
INK INK INK INK INK INK
INK INK INK INK INK INK INK
INK INK INK INK INK INK
INK INK INK INK INK INK INK
INK INK INK INK INK INK
INK INK INK INK INK INK INK
INK INK INK INK INK INK
INK INK INK INK INK INK INK
INK INK INK INK INK INK
INK INK INK INK INK INK INK
INK INK INK INK INK INK
INK INK INK INK INK INK INK
INK INK INK INK INK INK
INK INK INK INK INK INK INK
INK INK INK INK INK INK
INK INK INK INK INK INK INK
INK INK INK INK INK INK
INK INK INK INK INK INK INK
INK INK INK INK INK INK
INK INK INK INK INK INK INK
INK INK INK INK INK INK
INK INK INK INK INK INK INK
INK INK INK INK INK INK